DICTIONNAIRE

DES

GENS DU MONDE.

PETIT COURS DE MORALE

PRIVILÈGE 1756

Chasselat del.   Née sculp.

DICTIONNAIRE

DES

GENS DU MONDE,

A L'USAGE

DE LA COUR ET DE LA VILLE;

Par un jeune Hermite.

SECONDE ÉDITION,

REVUE, CORRIGÉE ET CONSIDÉRABLEMENT
AUGMENTÉE ET DIMINUÉE.

Les longs ouvrages me font peur.
Loin d'epuiser une matière
On n'en doit prendre que la fleur.
LA FONTAINE.

PARIS.

ALEXIS EYMERY, Libraire, rue Maza-
rine, n. 30;
CHEZ
BAUDOUIN FRÈRES, LIBRAIRES,
rue de Vaugirard, n. 36.

1818.

DE L'IMPRIMERIE DE J.-B. IMBERT,
RUE DE LA VIEILLE-MONNAIE, N° 12.

NOUVEAUTÉS DE MON FONDS,

D'UN TRÈS BON DÉBIT.

———

Histoire de l'Esprit révolutionnaire des nobles en France, sous les 68 rois de France ; 2 vol. in-8. Prix, 14 fr.

Lettres normandes. — Prix des neuf premières lettres, formant 1 vol. in 8, 6 fr. Les numéros détachés se vendent 75 c. chacun.

Histoire universelle, par M. le comte de Ségur, de l'Académie française ; *Histoire ancienne*, complète, actuellement en vente, 16 vol. in-18 et 56 grav. Prix, 32 fr. ; fig. color., 40 fr.

Mémoires de feu l'abbé Georgel (l'ouvrage aura 6 vol. in-8). Première livraison de 2 vol., avec le fameux collier. Prix, 12 fr. Les 2 vol. de la deuxième livraison vont paraître. Tout l'ouvrage, dont le prix est de 36 fr., sera terminé le 1er. avril. Les journaux ont reçu une injonction expresse de ne pas en parler.

Galerie morale et politique, par M. le comte

de Ségur, 1 vol. in-8. Prix, 6 fr. ; ouvrage très-piquant.

Les Françaises, par madame Dufrénoy, 2 vol. in-12, avec 8 belles grav. Prix, 7 fr.

Dictionnaire des Gens du Monde, 1 vol. in-12, 3 fr.

Les Théâtres, ouvrage très-curieux, in-8, Prix, 4 f.

Rélation exacte et circonstanciée du Naufrage de la frégate la Méduse, sur le banc d'Arguin (côte d'Afrique), par MM. Coreard. et Savigny, témoins oculaires et faisant partie des personnes embarquées sur le radeau; deuxième édit. entièrement revue et augmentée, avec plan et portrait, in-8. Prix, 5 fr.

L'Almanach des Muses, pour 1818; in-18, fig., 2 fr. 50 c.

L'Enfant lyrique du Carnaval, pour 1818, in-18, fig., 2 fr.

Soirées de Momus, pour 1818, in-18, fig., 2 fr.

Bible en estampes, avec 10 feuilles de texte et 74 grav., in-8 oblong, cartonné, avec une jolie couverture. Prix, 5 fr.; fig. color., 8 fr.

Etrennes aux Jeunes Gens, 2 vol. in-12, fig., 6 fr.

Derniers momens des plus illustres Personnages condamnés à mort pour délits politiques, etc., in-8, 5 fr.

Beautés de l'Histoire de la Chine, 2 vol. in-12, fig. color., 8 fr.

Idem, en noir, 6 fr.

Idem de la Suisse, 1 vol. in-12, fig. color., 4 fr.

Idem, en noir, 3 fr.

Soupers de Famille, par l'auteur des Petits Béarnais, 4 vol. in-18, avec 16 fig. color., 7 fr.; en noir, 5 fr.

Conversations maternelles, par madame Dufrénoy, 2 vol. in-18, fig. color., 6 fr.; en noir, 4 fr.

Beautés de l'Histoire de l'empire germanique, 2 vol. in-12, avec 12 gravures. Prix, 6 fr.; color., 8 fr.

La Journée, ou l'Emploi du temps pour les enfans qui commencent à lire, par Jauffret, in-18, avec 6 fig., 1 fr. 50 cent.; figures coloriées, 2 fr.

Ermance de Beaufremont, comtesse de Gatinois, chronique du neuvième siècle; par madame Gottis, auteur de François Ier., etc., 2 vol. in-12, ornés de deux jolies gravures. Prix, 4 fr.

Le Marguillier de Saint-Eustache, comédie historique en trois actes et en prose, par M. le comte Rœderer, ancien sénateur. In-8. Prix, 3 fr.

Etrennes aux jeunes Gens, ou nouveaux Contes moreaux, de mistriss Opie; traduits de l'anglais par madame Elisabeth de Bon, 2 vol. in-12, avec de jolies grav. Prix, 6 fr.

Fables de La Fontaine, nouvelle édition; avec un nouveau Commentaire littéraire et grammatical; par M. Charles Nodier; dédiée à S. M. le Roi de France; 2 vol. in-8, imprimés par P. Didot; ornés de 12 superbes gravures, d'après les dessins de Bergeret, et gravées par les plus habiles artistes de Paris; représentant les principales Fables, et du buste de La Fontaine. Prix, vélin satiné, gravures avant la lettre (il n'en a été tiré que pour 25 exemplaires), cartonné à la Bradel, filets en or, 50 fr. — En vélin,

et les 12 gravures, belles épreuves, 28 fr.
—— Beau papier d'Angoulème, 14 fr.

— Edition in-12, 2 vol., papier fin, sans gravures, le portrait seulement. Prix, 6 fr.

*Histoire complète du procès instruit devant
la cour d'assises de l'Aveyron*, relatif à
l'assassinat du sieur Fualdès, etc., 1 vol.
in-8. Prix, 4 fr.

Les Soupers de Famille, 5 vol. in-18, en gros
caractères, et 16 jolies gravures. Prix, fig.
coloriées, 7 fr.; fig. noires, 5 fr.

*Poémes, Poésies fugitives, Romances, Chan-
sons*, etc.; par Ourry. 1 vol. in-18, grav.
Prix, 2 fr.

De la Législation anglaise sur la Liberté
de la Presse et les Journaux; par M. de
Montveraut; in-8. Prix, 2 fr.

Précis élémentaire de la comptabilité, 1 vol.
in-8. Prix, 4 fr.

*Histoire des campagnes d'Allemagne, d'Ita-
lie, de Suisse*, etc. 4 vol. in-8.
Prix, 25 fr.

Contes à mes jeunes Filles, etc. 1 vol. in-12,
grav. Prix, 3 fr.

De l'Influence de la Révolution sur nos Mœurs ; par Oth. D. In-8. Prix, 1 fr. 25 c.

Soirées dramatiques de Jérôme le Porteur-d'eau. Cet ouvrage paraît par numéro. Prix de chaque numéro, 1 fr.

Examen des articles organiques, etc. in-8. Prix, 3 fr.

Manuel du Traducteur, ou Recueil de Versions à l'usage des Ecoles. Londres, 1817. 1 vol. in-12. Prix, 2 fr. 50 c.

Œuvres complètes de Voltaire, 50 vol. in-12. Prix de chaque vol., 4 fr., et 8 fr. pap. vélin.

L'Ami des Enfans, par M. et mad. Azaïs ; 24 vol. in-18, ornés de 48 grav. Prix, 24 fr.

Législation et jurisprudence des successions, selon le droit ancien, le droit intermédiaire et le droit nouveau. 3 gros vol. in-8. Prix, 18 fr.

Le Pétitionnaire, ou le Guide des personnes qui ont à présenter des pétitions, placets, requêtes, plaintes et mémoires. In-12. Prix, 2 fr. 50 c.

Partie française du Livre de Versions, ou Guide à la traduction de l'anglais en fran-

çais ; par J. Cherpiloied. (Londres, 1817.)
In-12. Prix , 1 fr. 50 c.

Sessions des Chambres de 1817-1818 , par
Benaben , rédacteur au *Mercure de France*
et à la *Minerve française*. In-8. Prix , 4 fr.

Collection complète des ouvrages publiés sur
le Gouvernement représentatif et la Constitution actuelle , ou Cours de politique
constitutionnelle ; par Benjamin de Cons-
tant. 2 vol. in-8 (publiés en 4 parties ; les
deux premières , formant le premier volume,
sont en vente,) et du prix de 7 fr. ; les deux
volumes , 14 fr.

Chansons morales et autres , par Béranger ,
convive du *Caveau moderne* ; 1 vol. in-18,
avec de jolies gravures. Prix , 2 fr.

De la Législation anglaise sur le Libelle , la
Presse et les Journaux, par M. de Montveraut ; in-8. Prix , 2 fr.

Manuel du Traducteur , ou Recueil de Versions à l'usage des Ecoles (Londres, 1817),
1 vol. in-12. Prix, 2 fr. 50 c.

Alphabet français , contenant 1°. des leçons
claires et faciles pour apprendre à lire ;
2°. des principes d'orthographe et d'arithmé-

tique ; 3º. un abrégé de l'Histoire de France, depuis l'origine de la monarchie jusqu'à nos jours ; orné des portraits des rois de France. In-12 de 4 feuilles. Prix , 1 fr.

Idem, fig. coloriées , 1 fr. 50 c.

Abécédaire des Commençans , ou Méthode instructive et amusante pour apprendre à lire aux enfans , contenant un Syllabaire, des prières chrétiennes , des leçons tirées de l'Ecriture sainte, des historiettes , des fables, etc. In-12 , orné de fig. Prix , 75 c.

Idem , fig. coloriées , 1 fr.

Alphabet des Enfans religieux (ou les Saints), contenant le tableau des principaux saints dont ils sont tenus de souhaiter la fête à leurs parens. In-12 rogné , orné de 26 jolies vignettes de saints. Prix , 1 fr.

Idem , fig. coloriées , 1 fr. 50 c.

Alphabet de l'Histoire ancienne , contenant un Abrégé de l'histoire des Egyptiens , des Assyriens , des Babyloniens , des Phéniciens , des Carthaginois, des Mèdes , des Parthes , etc. In-12 rogné , avec figures. Prix , 1 fr.

Idem, fig. coloriées , 1 fr. 58 c.

AVANT-PROPOS.

La première édition du petit Dictionnaire des Gens du Monde ayant été
promptement épuisée, je me préparais
à faire imprimer la seconde; j'avais
beaucoup ajouté, retranché plus encore,
retouché presque tous les articles, et
je me plaisais à penser que mon livre
ainsi corrigé pourrait être agréable au
lecteur, lorsqu'un de mes amis, homme
d'un caractère assez morose et fort peu
encourageant pour les jeunes auteurs,
arriva chez moi : nous eûmes ensemble
l'entretien qu'on va lire.

L'AMI. Vous allez, m'a-t-on dit,
publier une nouvelle édition de votre
petit Dictionnaire.

L'auteur. Vous me voyez occupé à
en corriger les épreuves.

L'ami. Ne craignez-vous pas un peu
de ressembler au geai de la Fable,
et, si chacun vous arrache une des
plumes dont vous êtes paré, de rester
entièrement dépouillé et en butte à la
risée des autres oiseaux ?

L'auteur. D'où vous vient pour moi
cette frayeur?

L'ami. C'est que j'ai trouvé dans
votre ouvrage un grand nombre de
passages que j'avais déjà lus ailleurs.
J'étais obligé de faire une révérence
presqu'à chaque mot, parce que je
rencontrais toujours quelque personne
de ma connaissance.

L'auteur. Qu'importe : chaque nation choisit les lectures qui conviennent

le mieux à son esprit et à son caractère. Il faut de la profondeur aux Anglais, de la mélancolie aux Allemands;
le Français aime les traits, les saillies,
les aperçus ingénieux et rapides; mais
tantôt ils sont épars dans des ouvrages
dont la longueur ou la forme sérieuse
peuvent effaroucher le lecteur; tantôt, placés dans des brochures ou
dans des journaux, ils se perdent et
s'oublient avec les feuilles légères auxquelles l'auteur les a consignés; quel
mal peut-il y avoir à les réunir dans un
cadre commode où ils frappent coup
sur coup, sans être enchaînés les uns
aux autres? et pour répondre à vos
comparaisons, quand un bouquet nous
plaît par son parfum et par ses couleurs, vous informez-vous des jardins
où les fleurs qui le composent ont été
cueillies?

L'ami. Fort bien ; vous justifierez-vous aussi d'avoir pris jusqu'au capuchon du vieil hermite ?

L'auteur. Pourquoi non, si c'est un passeport avec lequel on est bien venu partout où l'on se présente. Au reste, venons au fait : le tiers de cet ouvrage est de moi, on m'a donné l'autre, j'ai pris le reste. Croyez-vous qu'il y ait dans le monde beaucoup de fortunes plus légitimes ?

L'ami. Je souhaite que vous jouissiez paisiblement de la vôtre ; mais encore une question : vous attaquez les *ultrà*, vous raillez les *ministériels*, vous ne ménagez guère les *indépendans*, vous blâmez les neutres ; de quel parti êtes-vous donc ?

L'auteur. J'ai déjà dit qu'après les avoir observés tous, je me garderais bien d'appartenir à aucun (1). Mais vous, ne connaissez-vous pas de véritables Français, des amis de la raison et de la patrie, qui frondent le vice partout où ils croient l'apercevoir, et qui pourtant aussi savent apprécier le talent, le dévouement et la vertu? Si j'étais de ce parti là...

L'AMI. Je craindrais que vous n'eussiez pas beaucoup de lecteurs.

L'AUTEUR. Et moi, je me flatterais d'en avoir un assez grand nombre. Il en est des opinions politiques comme des femmes : la plupart sont bonnes et sages, mais c'est précisément celles-là qui font le moins de bruit. D'ailleurs, si l'on me jugeait trop sévèrement, je

---

(1) Voyez l'*Auteur peint en miniature.*

me consolerais, et je dirais avec un poëte :

J'ai vingt ans, j'ai mal fait, je pourrai faire mieux.

L'ami. Bonne chance, jeune hermite.

L'auteur. Adieu, vieil Aristarque.

Ici la conversation se termina, et je finis de corriger mes épreuves.

L'AUTEUR

PEINT EN MINIATURE.

On dit que Duclos, dont je n'ai jamais rien lu, commence ainsi son livre sur les mœurs : « J'ai vécu; je voudrais être utile à ceux qui ont à vivre. » Moins modeste que cet auteur, je déclare que je suis jeune, que je n'ai jamais étudié, et qu'avec tous ces talens je veux instruire les vieux et les doctes. Or, cette prétention ne doit pas étonner, car elle ne manque pas d'exemples.

Je suis un de ces jeunes gens privilégiés qui savent tout sans avoir rien appris. Je vins à Paris à l'âge de vingt ans ; il y a environ dix-huit mois, un de mes amis faisait la commission théâtrale ; autrement dit, il soignait le succès des pièces. Il m'accueillit avec bienveillance, me fit

connaître trois auteurs des Variétés ; je
vis ces messieurs composer leurs chefs-
d'œuvre. Cela me parut si facile, que je
me mis en tête de les imiter. Je ne savais
ni la musique, ni faire les vers, ni faire
même la prose. Je ne fus pas découragé.
Je fis un vaudeville; on me hua, mais
cela m'importait peu ; il fut joué pendant un mois au milieu des sifflets. Je
voulais des écus, j'en obtins; je voulais
être auteur, je le fus.

Un de mes collègues en littérature était
chargé de la partie politique d'une feuille
très-connue. Il m'offrit de coopérer avec
lui. J'acceptai sans crainte ; il faut être
hardi pour avancer. Je fis mes premières
armes dans la carrière de la politique,
j'appris une demi-douzaine de mots que
je voyais se reproduire sans cesse sous la
plume de mes collaborateurs. Je les ré-
pétai comme eux, et l'on ne me nomma
plus que le *Publiciste*.

Mon talent fit bruit. Le Mercure brigua
l'honneur de me compter parmi ses rédac-

teurs. J'y entrai ; il fallait être quelque chose : je fus libéral. Mais bientôt on trouva que j'avais trop d'esprit. Je reconnus qu'en effet je faisais tort au journal. Je fis insérer dans une autre feuille une colonne d'invectives contre mes amis; et je sortis avec tous les honneurs de la guerre.

Mon style polémique avait plu. En rentrant chez moi, je trouvai deux libraires à ma porte ; un grand seigneur , qui voulait trouver un blanchisseur pour son linge sale, me fit des propositions. J'acceptai. Là , j'appris l'art de ramper. Fort pliant de ma nature, j'eus bientôt pris la tournure de mon nouvel emploi.

Je le quittai pour solliciter une place du gouvernement. On m'insinua que , si je voulais écrire que tout ce qu'il faisait était pour le mieux , je recevrais une gratification, et une place. Je crus à ces promesses. Un prêtre fit un livre pour le rétablissement de la dîme. Je crus qu'un prêtre ne pouvait être d'un avis contraire au gouvernement. Je fis aussi un livre dans lequel je prétendis que, sans dîme et sans corvées, il n'y avait pas de salut. Mon écrit déplut au ministre, il me fit venir, et me déclara qu'il n'avait rien à faire pour moi.

J'étais persécuté. Je me jetai dans le parti de l'opposition. Tout homme du parti opposé fut déclaré sot et absurde. J'avais autrefois été libéral. Je fus éteignoir. Je dis que la charte était un leurre, que l'ancien régime était un temps très-heureux. On ne me lut pas. Un libraire fut ruiné par mes brochures, et bientôt il n'y eut plus d'imprimeurs à mes ordres.

Tel était mon état quand j'entrepris le petit Dictionnaire des Gens du Monde. Outré contre tous les partis qui m'avaient trompé; après avoir été tour à tour blanc, rouge, bleu, et même noir, je résolus de n'être d'aucune couleur, pour voir si cela me réussirait. J'attaquai indistinctement tous les rangs, toutes les opinions, parce

ue j'avais partout des vengeances à
xercer. Revenu de mon amour pour
'ancien régime, je pensai que le nouveau
ouvait avoir du bon ; revenu de mon
ltra-libéralisme, je m'imaginai qu'il
ourrait bien y avoir quelques gens
'esprit parmi nos pères ; quand ce ne
erait que feu Montaigne, feu Bayle,
t feu Fénélon. Je cherchai donc à n'être
oint exclusif; et, quoique j'aie conservé
ne dent contre le ministre, je ne voulus
as qu'il s'en aperçût dans mon petit
Dictionnaire.

Un moraliste prétend que, pour écrire,
l est inutile de connaître beaucoup de
livres ; mais il est nécessaire d'avoir beaucoup observé. En ce cas, je suis l'homme
qu'il faut. J'ai vu tous les états, je ne
connais pas moins le parterre que le
théâtre et les coulisses, l'antichambre
que les salons et la chambre à coucher,
les journaux que leurs rédacteurs et les
traitemens que la police leur paie. Je
n'ai jamais étudié, j'ai peu lu, et ce-

pendant j'ai assez vu pour avoir discerné la vérité, si elle existe.

Amis lecteurs, et vous, jeunes et belles *lectrices*, prenez ce petit Dictionnaire, fruit de 18 mois de séjour à Paris. Il est moral et amusant. L'auteur ne ment que lorsqu'il ne peut dire ce qu'il pense, retenu par une chaîne involontaire, qu'il serait très-disposé à briser, si quelques dieux mortels n'avaient pas dit, la verge en main : « *Tu iras jusque-là, et t'arrêteras !* »

DICTIONNAIRE

DES

GENS DU MONDE,

OU

PETIT COURS DE MORALE.

~~~~~~

A.

ABBÉ. Jamais la signification d'un mot ne s'est plus éloignée de son origine. *Savez-vous bien qu'abbé signifie père*, et cependant ceux qui portent ce nom sont condamnés au célibat. Il est vrai que, dans les temps où les mœurs étaient pures et la religion honorée, ces messieurs se souvenaient de temps en temps de l'étymologie de leur nom. Nous ne reverrons plus ces temps heureux, où l'on aimait tant ces *abbés à bonnes fortunes*, ces *galans abbés*, et même ces *polissons d'abbés*, comme on les appelait dans la bonne compagnie. Ah ! combien tout dégénère parmi nous !

ABDICATION. Vertu de circonstance. — Acte qu'un souverain signe d'aussi bonne grâce manière expéditive et commode de devenir blanc comme neige lorsqu'on était noir comme charbon.

ACADÉMIE. Dortoir littéraire. — Beauté que tout le monde courtise, et contre laquelle on fait des épigrammes quand on ne peut pas obtenir ses faveurs.

ACADÉMIQUE (Style). Style à prétention qu'un académicien doit éviter.

ACARIATRE. Épithète que l'on donne à une femme opiniâtre et de mauvaise humeur, qui s'est arrogé la mission de faire enrager, non-seulement son mari, mais tout le monde.

ACCAPAREUR. Homme qui spécule sur le malheur public. On dit accapareur de *blé*, accapareur de *rentes*, accapareur de *places*, de *traitemens* et de *pensions*, accapareur d'*esprit*. Voyez *Agioteur*, *Dénonciateur* et *Compilateur*.

ACCENT. Ame du discours ; il lui donne le sentiment et la vérité.

ACCÈS. Les plus à redouter ne sont pas ceux de la fièvre, mais ceux de l'amour-propre, de la colère, et surtout de la dévotion.

ACCESSIBLE. Qualité rare dans un ministre.

ACCLAMATION. Signe souvent très-équi-voque de l'approbation, et qui démontre la faiblesse d'un parti.

Applaudir un homme en place, c'est s'ar-roger le droit de le siffler.

ACCOLADE. Grande démonstration pu-blique de gens qui souvent voudraient s'é-touffer.

ACCOMMODEMENT. Un mauvais ac-commodement vaut mieux qu'un meilleur procès.

Il est avec le ciel des accommodemens.

Devise des faux dévots, et de tous ceux qui ont la conscience large et le cœur étroit.

ACCORD. Chose rare dans les orchestres, dans les assemblées politiques, et partout où l'on doit mêler des sons ou démêler des intérêts.

ACTEUR. Homme qui étudie sans cesse l'art de revêtir un autre caractère que le sien; de se passionner de sang-froid; de dire autre chose que ce qu'il pense avec autant de naturel que s'il le pensait réellement; enfin d'oublier sa propre place, à force de prendre celle d'au-trui. — Dans les grandes fonctions, redoutez les grands acteurs.

ADEPTE. Fou qui poursuit une chimère qui doit le conduire à l'hôpital. Voyez *Alchimistes*, *Loterie*.

ADHÉSION. Acte de convenance par lequel on approuve une chose qui déplait ; transaction entre la conscience et l'intérêt.

ADMINISTRATEURS. Hommes qui doivent gérer dans l'intérêt général, mais qui trop souvent gèrent dans le leur.

Intendans des nations, qui ne valent guère mieux que ceux des particuliers. Voyez *Intendant*.

ADMIRABLE. Tout propos qui sort de la bouche d'un homme puissant.

ADMIRATEUR. Synonyme de sot.

Une juste critique instruit, forme le goût,
Et l'on n'admire rien, quand on admire tout.

ADOPTION. Acte qui répare les erreurs de la nature, de la fortune et de l'amour.

ADORATEURS. Premier besoin d'une jolie femme, d'un homme de lettres, et d'un grand seigneur.

ADORATION. Hommage qu'on rend au Créateur, et trop souvent à la créature.

ADRESSES. Selle à tous chevaux.

ADULTÈRE. Voyez *Mariage*.—On châ-
tie sévèrement le moindre larcin, parce qu'il
nuit aux hommes et blesse leurs intérêts, on
ne punit pas l'adultère qui blesse l'honneur et
la probité.

ADVERSITÉ. Creuset de l'homme : il s'y
évapore ou s'y épure.

AFFABILITÉ. Supplément à l'esprit et au
sentiment ; habitude vicieuse ; art cruel avec
lequel un courtisan sacrifie son semblable en
lui souriant.

AFFAIRE. Tout ce qui sert à remplir la
bourse. — *Faire des affaires*, est l'état de
ceux qui n'en ont point.

AFFECTATION. Dans le langage elle affaiblit la pensée, dans les manières elle gâte
les grâces et la beauté.

L'ignorance vaut mieux qu'un savoir affecté.

AFFECTION. Sentiment désintéressé,
moins vif que l'amour, et plus tendre que
l'amitié.

AFFECTUEUX. Homme presque toujours
faux, qui veut cacher son défaut de sensibilité,
et abuser de celle des autres.

AFFICHES. Offre faite par des fripons, et acceptée par des dupes.

AFFRONT. C'est surtout par les affronts que la tyrannie révolte les peuples. — Le viol de Lucrèce, le chapeau de Gesler, une insultante corvée, détruisirent la puissance des Tarquins à Rome; celle de l'Autriche, en Suisse et à Gênes. Ils firent ce que n'auraient pu faire des vexations horribles ou des impôts exorbitans.

On pardonne une offense, et non pas un affront.

AGACER. Jeu de la coquetterie, dont la vertu paye souvent les frais.

AGE. Seul secret que les femmes gardent inviolablement.

Et je sais même sur ce fait
Bon nombre d'hommes qui sont femmes.

AGENCE. Bureau dans lequel on trouve à se marier à juste prix; à emprunter de l'argent à gros intérêts, et à vendre ses rentes pour payer les frais de courtage.

AGENDA. Mémento de celui qui a la mémoire courte; témoin celui qui, allant souvent de Paris à Lyon, écrivit un jour sur son

agénda : « Me souvenir de me marier en pas-
sant par Nevers. »

AGENS COMPTABLES. Honnêtes gens
lorsqu'ils ont assez grossi leur pelotte pour être
à l'abri de tout événement. Voyez *Gardes-
Magasins*, *Administrateurs d'hôpitaux*,
Quartiers-maîtres, *Caissiers*, etc.

AGIOTEUR. Espèce de magicien qui,
n'ayant ni terres, ni prés, ni bois, trouve le
comble de la richesse dans des papiers dont il
hausse ou baisse la valeur à volonté. L'or est
son dieu, la Bourse est son temple.

AGIOTAGE. Brigandage que les lois ne
peuvent atteindre chez les nations affligées
d'une grande dette publique.

AGNUS DEI. Petits gâteaux de cire très-
utiles...... à ceux qui les vendent. Voyez
Talisman.

AGRANDIR (S'). Philippe IV, ayant perdu
le royaume de Portugal et quelques autres provinces, s'avisa de prendre le surnom de Grand.
Le duc de Médina-Cœli dit à ce sujet : « Notre
maître est comme les fossés qui s'agrandissent
à mesure qu'on leur ôte des terres.

AGRÉMENT. Symétrie dont on ne connaît
point les règles : rapports secrets des traits,

1.

entre eux, soit avec les couleurs et avec l'air de la personne.

AGRICULTURE. Art dont beaucoup de gens ne reconnaissent l'utilité que lorsqu'ils manquent de pain.

AIEUX. Objets de parade pour beaucoup d'individus qui surchargent la terre. Se vanter de ses aïeux, c'est aller chercher dans les racines les fruits que l'on doit trouver sur les branches.

AIMABLE. Homme ardent à plaire à toutes les sociétés, et prêt à sacrifier chaque particulier. Il n'aime personne, n'est aimé de personne, plait à tous, et souvent est méprisé de tout le monde.

AIMER (Art d'). Art inspiré par la nature et perfectionné par l'esprit. Il n'a point de règle certaine, ni de succès assuré.

AISES. L'homme voluptueux aime ses plaisirs ; mais l'homme heureux aime ses aises. Les plaisirs causent souvent des inquiétudes ; les aises n'en donnent jamais.

AJOURNER. Mot qui, en style ministériel, signifie *enterrer*.

ALBUM. Tablettes de la vanité, archives de l'orgueil et de la flatterie.

ALCHIMIE. Art sans art, qui vous érige d'abord en savant, ensuite en menteur, et enfin en mendiant. — Chaste courtisane, qui invite tout le monde et ne favorise personne.

ALLIÉS. Un étranger de bonne foi disait à un Français : « Je suis chez vous comme *allié*, Quand pourrai-je y venir comme *ami?* »

ALMANACH. Bréviaire du solliciteur. — Recueil à l'aide duquel on sait quelles idoles il faut encenser.

ALPHABET. Ses caractères réunis ont instruit les hommes ; divisés, ils servent souvent de signature à des sottises et à des calomnies.

AMANT. Celui d'entre ses galans qu'une femme avoue publiquement.

AMATEUR. Homme qui n'est ni poëte, ni peintre, ni orateur, et qui cependant fait des vers, juge des tableaux, et ne manque jamais une séance académique.

AMBASSADEUR. Personnage titré que les cours s'envoient, dans la louable intention de s'espionner réciproquement.

..... Ennemi, sous un titre honorable,
Qui vient, rempli d'orgueil et de dextérité,
Insulter ou trahir avec impunité.

AMBITION. Divinité qu'adorent avec la même ferveur, et presque dans les mêmes termes, les héros et les voleurs de grands chemins, les ministres et les jongleurs, les filous et les traitans, les sacristains et les prélats.

AME. Principe de la vie.

Il y a de *bonnes âmes* qui font tout le mal possible; de grandes âmes qui ne s'élèvent pas tout à fait à la hauteur de l'oubli d'une injure; des *âmes étroites*, où il n'y a de place que pour six; des *âmes vénales*, des *âmes de boue*, qui sont presque toujours des *âmes damnées*.

AMES. Objet de commerce entre les souverains. Voyez *Congrès*.

AMIS. Les méchans n'ont que des complices, les voluptueux ont des compagnons de débauche, les intéressés ont des associés, les politiques assemblent des factieux, le commun des hommes oisifs a des liaisons, les princes ont des courtisans; les hommes vertueux ont seuls des amis.

AMITIÉ. On prodigue ce nom à des ménagemens réciproques d'intérêts; à un simple échange de bons offices, qui ne sont que l'effet de la politesse. La véritable amitié, si elle existe, est le sentiment le plus pur que l'homme puisse éprouver.

Pour les cœurs corrompus l'amitié n'est point faite.
Oh ! divine amitié , félicité parfaite !
Seul mouvement de l'âme où l'excès soit permis.

. . . .

Sans toi tout homme est seul ; il peut, par ton appui,
Multiplier son être et vivre dans autrui.

AMNISTIÉ. Acte que l'humanité devrait toujours prescrire , mais qu'une fausse politique gâte souvent par des exceptions ou des stipulations humiliantes. — C'est une coupe de cristal qui perd son prix dès qu'elle n'est pas entière.

AMOUR. Étoffe de la nature que l'imagination a brodée. — Échange de deux fantaisies ; privilége pour toutes les folies que l'on peut faire , pour toutes les sottises que l'on peut dire. — On a de l'amour pour les fleurs , pour les oiseaux , pour la danse , pour son amant , quelquefois même pour son mari ; jadis, on languissait, on brûlait, on mourait d'amour ; aujourd'hui on en parle , on en jase , on le fait, et le plus souvent on l'achète.

AMOUR (*Périodes de l'*). Il y a , dans l'amour des petites filles , quatre âges bien distincts.

D'abord elles aiment tout le monde : première période.

Vient ensuite le sentiment de leur petit

mérite, et alors elles s'aiment elles-mêmes : deuxième période.

Puis un feu inconnu s'allume dans leur sein, et alors elles aiment, elles aiment beaucoup ; mais elles ne savent pas quoi : troisième période.

Enfin, l'énigme s'explique, l'intelligence s'éclaire, elles aiment quelqu'un : quatrième période.

AMOUR-PROPRE. Ballon rempli de vent dont il sort des tempêtes dès qu'on lui fait une piqûre. — Étoffe qu'il est facile de froisser, et dont on ne peut faire disparaître le froissement.

AMOUR DE SOI-MÊME. Désirer son bien, craindre son mal, rechercher son bonheur à tel prix que ce soit, voilà en quoi consiste cet amour qui touche de très-près à l'égoïsme.

AMPHIGOURI. Discours qu'on admire, parce qu'on n'y entend rien ; grand secret des petits talens.

AMUSER (S'). Pour beaucoup de gens, c'est escroquer de l'argent au jeu, séduire la femme de son ami, ou déranger sa santé par des excès.

ANACHORÈTE. Homme très-saint, qui,

pour être plus parfait, s'est éloigné du commerce des humains, dans la crainte d'avoir le malheur de leur être bon à quelque chose.

ANAGRAMME.

J'aime mieux, sans comparaison,
Cher ami, tirer à la rame,
Que d'aller chercher la raison
Dans les replis d'un anagramme ;
Cet exercice monacal
Ne trouve son point vertical
Que dans une cervelle blessée ;
Et sur Parnasse nous tenons
Que tous ces renverseurs de noms
Ont la cervelle renversée.

ANARCHIE. État d'une société qui tombe en dissolution ; principe de mille maux dont on ne cherche pas le remède. — Convulsions que les peuples éprouvent pour arriver au despotisme ou à la liberté.

ANATHÈMES. Imprécations que les ministres de la religion lancent contre ceux dont ils ont à se plaindre, en les dévouant à des supplices éternels, quand ils ne peuvent point faire subir à leur corps des supplices temporels. Voy. *Inquisition.*

ANCÊTRES. Personnes mortes que l'orgueil rappelle souvent du tombeau pour s'identifier avec elles.

ANECDOTES. Esprit des vieillards, charme des enfans et des femmes.

ANERIE. Bévue de gens qui souvent ne sont point des ânes. — Un homme d'esprit fait quelquefois de plus grandes âneries qu'un sot.

ANGLETERRE. Pays de la philanthropie, dont certains habitans bouleverseraient volontiers le monde pour vendre une aune de percale. — Contrée où, suivant Caraccioli, il n'y a de poli que le marbre, et de fruits mûrs que les pommes cuites.

ANNIVERSAIRE. Cérémonie de deuil ou de vénération, où il ne manque que de la douleur ou du respect. — Époque qui rappelle le souvenir d'une belle action et plus souvent d'un grand crime. — Il est d'usage de célébrer l'anniversaire de la naissance d'un parent riche ; celui de sa mort désirée long-temps est bientôt oublié.

ANONYME. Homme qui emprunte le masque de la modestie, parce qu'il n'a pas assez d'impudence, ou parce qu'il a beaucoup de vanité.

ANTICHAMBRE. Lieu où la servitude se console par l'insolence, et s'égaye par la malignité. — Sujet d'étude pour un solliciteur. —

Limbes des courtisans, purgatoire des péti-
tionnaires. — Un homme trop fameux a dit
des gens d'une certaine caste : Je leur ouvris
mes antichambres, et ils s'y précipitèrent.

ANTIPHILOSOPHE. Petit inquisiteur qui,
sans aveu et sans mission, s'ingère à chercher
partout le prétendu venin de la philosophie. —
Hypocrite qui affecte de venger Dieu en vexant
les hommes.

ANTHROPOPHAGES. Les peuples civilisés
ont aussi leurs anthropophages qui ne les mangent pas à la vérité tout vivans, mais qui les
sucent en détail.

APANAGE. Ce nom, que l'orgueil des
rois a donné aux provinces qu'ils distribuaient
à leurs descendans, signifiait originairement
chose donnée pour avoir du pain.

APOSTILLE. Recommandation arrachée
à un grand seigneur insouciant par l'importunité d'un valet, en faveur d'un sot ou d'un
fripon. — Commerce très - lucratif, souvent
commencé dans une antichambre et terminé
dans un cabaret.

APOTHICAIRE. Charlatan qui manipule
des drogues qu'il ne connaît pas, pour les faire
entrer dans un corps qu'il connaît encore
moins.

APPARENCE. Rideau sous lequel on peut faire tout ce qu'on veut, mais qu'il est essentiel de fermer avec soin.

APPLAUDIR. Art de tromper, rendu légitime par la vanité qui l'exige. Voyez *Accla-mations.*

APPLAUDISSEMENT. Bruit flatteur qu'on prodigue facilement à ceux qui nous amusent et nous divertissent, mais dont on récompense rarement une bonne action. — Maladie des assemblées, surtout dans les capitales.

APPOINTEMENS. Tarif du mérite des hommes.

APPROFONDIR. Travail toujours pénible, entreprise souvent funeste.

APPUI. On ne peut s'appuyer que sur ce qui résiste. Leçon de mécanique très-utile aux gouvernans.

ARBITRAIRE. Pouvoir que tout le monde désire exercer, mais selon lequel personne ne veut être gouverné.

ARCHIVES. Dépôt de beaucoup de chimères respectables, et de beaucoup d'impostures utiles.

ARGENT. Métal précieux qui, par une espèce de vertu cachée, décide dans la société du mérite d'un individu et de l'accueil qu'on doit lui faire. — Tarif de toutes les vertus. — Liniment avec lequel on adoucit toutes les mauvaises humeurs.

ARGOT. Espèce de langage particulier aux voleurs, aux filoux, et à certaines gens qui, sans porter ce nom, pourraient bien figurer au milieu d'eux. —Quelques savans ont aussi leur argot. Personne ne les entend ; s'entendent-ils eux-mêmes ? ils tâchent du moins de le faire croire.

ARGUMENT. Fléau de l'esprit, abus de la parole.

ARISTOCRATE. Partisan du pouvoir absolu. On donne plus particulièrement ce nom aux hommes qui regrettent le régime féodal, les priviléges, les corvées, les moines et les dîmes.

ARITHMÉTIQUE. Science des nombres, qui dispense d'avoir de l'esprit, et tient lieu de sensibilité.

ARLEQUIN. Bateleur politique ; homme qui porte toutes les livrées ; journal qui adopte

successivement toutes les couleurs ; fonction
naire qui est toujours du parti de celui qui paye

ARLEQUINADE. Acté par lequel un
girouette tourne au vent, un homme retourn
son habit, descend sa croix, change d'amis
de cocarde, d'antichambre et de cartes d
visite.

ARMÉE. Masses d'hommes que les sou
verains lancent les unes contre les autres
toujours, disent-ils, pour procurer à leur
peuples la gloire et le bonheur. — Réunion d
soldats qui se tuent sans se connaître, pou
défendre un homme qu'ils connaissent à peine

ARMES. Instrumens des passions les plu
cruelles, qui servent quelquefois aux action
les plus nobles.

ARROGANCE. Passe-partout de la sottise

ARTS. Inventions du génie, perfectionnée
par le goût.

ARTISAN. Abeille de la société, méprisé
par les frelons qui mangent son miel.

AS. Mot latin qui signifié une *pièce d*
monnaie, du *bien*, des *richesses*. — Les AS

ns un jeu de cartes , ont souvent la pri-
auté sur les rois , pour marquer que l'argent
t le nerf de la guerre.

ASSEMBLÉE POLITIQUE. Instrument
e la liberté des peuples, souvent paralysé
a détourné de son véritable but. — Réu-
on de personnes qui savent mieux ce qu'elles
e veulent pas que ce qu'elles veulent , et qui
nt trop souvent ce que veulent les autres.

ASSIGNAT. Alchimie des gouvernemens
ainés. — Tapisserie des gueux.

ASSUJETTISSEMENT. Supplice adouci
ar la raison; bassesse autorisée par l'usage.

ASTRONOMIE. C'est par elle que l'esprit
umain se montre dans toute sa grandeur ; c'est
ussi par elle que l'homme apprend combien il
st petit.

ASTUCES. Ruses à moitié voilées, faciles
découvrir, car il n'y a que les petits esprits
ui les emploient.

ATHÉE. Il est douteux qu'il y en ait de
éritables : les ignorans ou les fanatiques donnent ce nom à l'homme qui s'élève au-dessus
les préjugés , et qui croit qu'on peut être reli-

gieux sans superstition et catholique sans in-tolérance.

ATTACHEMENT. Sentiment né du désir, et affaibli par la possession.

ATTENDRISSEMENT. Mouvement qui livre à la faiblesse, et prépare à l'inconstance.

ATTENTE. État d'illusion, quelle que soit la réalité qui doit le suivre.

AUGUSTE. Adjectif qui sera en usage tant qu'il y aura des princes et des courtisans.

AUJOURD'HUI. Pour beaucoup de gens synonyme d'*autrefois*.

AUTREFOIS. Mot depuis peu rajeuni.

AUMONE. Action d'un homme donnant avec ostentation, et d'un autre recevant avec bassesse.

AUMONIER. Grand pontife domestique, ministre de la religion de l'État. — Il faut plus de prêtres dans une aumônerie que dans tel de nos départemens.

AUSTÉRITÉS. Faste de la vertu, impos-ture du vice, artifice de l'orgueil, voile de l'ambition.

AUTEUR. Être indéfinissable qui veut ré-genter le monde, et ne sait point se gouverner lui-même, qui vit de fumée et se met chaque jour en vente.

AUTO-DA-FÉ. Outrage fait à la religion. —On n'éclaire pas les hommes à la lueur des bûchers.

AVARE. Homme qui aime tant sa maîtresse, qu'il a peur de l'user en y touchant.

AVARICE. Il en est, de cette passion extravagante, comme du feu dont la violence augmente à proportion de la quantité de matières combustibles qui lui servent d'aliment.

AVENIR. Objet du désir chez les fous, et de la précaution chez les sages.

> L'avenir toujours séduisant,
> Ainsi qu'un charlatan habile,
> Qui trompe le peuple facile,
> Nous escamote le présent.

AVENTURIER. Homme audacieux qui sait tirer un parti heureux des circonstances, et qui quelquefois les fait naître.

AVIS. Remèdes aux maux de l'âme et de l'esprit; ils donnent souvent des convulsions à l'amour-propre.

AVISÉ. Homme plus près de la finesse que de l'esprit ; rarement digne de confiance et capable d'amitié.

AVOCAT. Homme que l'incertitude des lois et l'expérience des jugemens a rendu pyrrhonien sur l'issue de tous les procès, et qui entreprend tous ceux qui se présentent.

AVORTON. Les poêmes épiques de certaines gens, les pièces de théâtre de beaucoup d'autres, les projets de ces conquérans qui rêvent la monarchie universelle, les desseins de ces bonnes gens qui voudraient que le peuple ne fût qu'un troupeau d'animaux esclaves ; que de choses *avortées* dans ce monde.

Bacon a dit, en parlant de ces découvertes qui demeurent sans résultats, parce que des circonstances heureuses ne favorisent pas leurs développemens : on est bien loin de connaître tous les enfans du temps, on en connaît encore moins tous les avortons.

B.

BABIL. Passe-temps ordinaire de ceux qui ont dans la tête plus de mots que d'idées.

BADAUD. Niais qui s'amuse à tout, et qui admire tout. Voyez *Musard*, *Politique* et *Girouette*.

BADINAGE. Jeu d'esprit qui ressemble à es petites incommodités qui d'abord n'alarment point, et deviennent quelquefois des maladies sérieuses.

BAISERS DE JUDAS. Se donnent la veille es grandes catastrophes politiques.

BAL. Assemblée où l'on imite la gaieté par es contorsions agréables. L'amour, au bal, a es succès certains.

BALADIN. Acteur qui n'amuse que des gens ont le suffrage déshonore.

BALANCE DU COMMERCE. Système qui a encore des admirateurs, comme tout ce qui appartient au bon vieux temps, mais dont l faut espérer qu'on reviendra.

BALIVERNE. Le goût de bien des gens, e talent de bien des sots.

BAL MASQUÉ. Établissement de charité pour les femmes laides.

BAMBOCHES. Petites figures qui servent de comparaison à de plus grandes.

BANNIÈRE. Cocarde des gouvernemens.

2

BANQUEROUTE. Moyen de s'enrichir, suivant les règles de l'art.

BARBARES. Nom que l'on donne à des peuples qui n'ont pas le bon esprit de cacher leurs défauts, leurs vices ou leurs turpitudes sous des dehors séduisans.

BARÊME. Alphabet des boutiquiers.

BASTILLES. Châteaux forts qui provoquent les révolutions et ne les arrêtent point.

BAT. Habit d'uniforme des ânes, qui ne messiérait pas à beaucoup d'hommes.

BATAILLE. Auto-da-fé politique.

BATARDISE. Destinée que l'injustice des hommes a rendue déshonorante, dont l'innocence est punie, et que toutes les vertus réunies ne peuvent effacer.

BATELEUR. Bouffon qui imite en riant l'exemple sérieux de beaucoup d'hommes du monde.

BATON. Amusement de l'enfance, contenance pour l'âge mûr, appui pour la vieillesse, arme défensive contre la calomnie.

BAYONNETTE. Arme qui rend tout juste; argument sans réponse.

BÉATIFICATION. Acte solennel par lequel le pape déclare à l'univers qu'un individu ouit de l'éternelle félicité. — Les meilleurs catholiques en croient ce qu'ils veulent.

BÉGUEULE. Femme qui sait le mieux dissimuler ce qu'elle désire. Voyez *Prude*.

BEL ESPRIT. Homme dont la société plait pendant une heure et fatigue à la seconde. — Les beaux esprits sont comme les roses, une seule fait plaisir, un grand nombre entête.

BERGÈRE. Jeune fille de campagne. — Meuble. — Fauteuil d'honneur des vieilles femmes. — Confident des jeunes.

BÉTISE. Maladie de l'esprit dont on ne guérit pas, et dont on ne souffre point.

BIAIS. Situation où l'on n'est pas vu aussi bien que l'on voit.

BIBLIOGRAPHIQUE (Journal). Nécrologe des ouvrages nouveaux.

BIBLIOTHÈQUE. Médecine de l'âme. — Dépôt de vérités et d'erreurs, où le mauvais l'emporte malheureusement sur le bon. — La pharmacie et l'égout de l'esprit humain. |

BIENFAIT. Trophée qu'on érige dans le cœur des ingrats. De toutes les choses du monde, celle qui vieillit le plus aisément et le plus tôt, c'est un bienfait.

BIENSÉANCE. Conformité d'une action avec le temps, les lieux et les personnes.

BIENVEILLANCE. Ruse ordinaire des grands, mais toujours nouvelle par le succès.

BIGOT. Être imprudent, artificieux, inhumain, plus ennemi de la vertu que du vice, et qu'on hait autant par instinct que par raison.

BILE. Incommodité qui donne de l'esprit aux dépens de la société.

BILLET. Ah! le bon billet qu'a la Châtre! — Promesses. — Mot souvent cité. Voyez *Amour des femmes des grands, Constitutions ajournées par les rois.*

BIOGRAPHIE DES HOMMES VIVANS. Spéculation sur l'infortune, genre d'assassinat qu'on ne punit point encore. — Un nouveau poison, dit Voltaire, a été inventé, depuis quelques années, dans la *basse littérature;* c'est l'art d'outrager les vivans et les morts par ordre alphabétique.

BLAME. Penchant des esprits prompts, habitude des esprits faibles, passions des esprits méchans.

BLASON. A B C des nobles. — Science que M. de la Janotière fit apprendre à son fils, quand ils furent tous deux nobles.

BON. Homme qui réfléchit peu et agit beaucoup.

BONHEUR. Absence de tous les maux, possession de tous les biens. — Chimère qu'on poursuit avec opiniâtreté sans pouvoir jamais l'atteindre ; être de raison avec lequel on amuse l'éternelle enfance de l'homme. —Un philosophe a dit : « Le bonheur n'est pas chose aisée ; il est très-difficile de le trouver en nous, et impossible de le trouver ailleurs. »

« Il n'est point retiré dans le fond d'un bocage,
        Il est encor moins chez les rois ;
        Il n'est pas même chez le sage ;
De cette courte vie il n'est point le partage :
Il faut y renoncer, mais on peut quelquefois
        Embrasser au moins son image. »

BONHOMIE. Qualité qui expose au ridicule, et quelquefois au mépris.

BONHOMME. Individu qui ne pense, ne dit, ne fait que ce qu'il croit devoir plaire aux personnes avec qui il vit. Son âme, souple et mobile, reçoit toutes les impressions et n'en conserve aucune. Il paraît s'intéresser à tout, aimer tous les gens à qui il parle ; il intéresse lui-même ; on l'aime, ou du moins on croit l'aimer.

BON MOT. Ainsi réputé, en ce qu'il dit une chose que chacun pensait, et qu'il le dit d'une manière fine et nouvelle.

BONNE COMPAGNIE. Assemblée de gens ennuyés, et qui, pour tâcher d'abréger le temps, s'amusent à dire des riens quand ils sont las de débiter des médisances et des calomnies.

BONNE FOI. Marchandise de contrebande dans la société, et surtout dans le commerce et le ministère.

BONNE GRACE. Elle est au corps ce que le bon sens est à l'esprit :

Et la grâce plus belle encor que la beauté.

BONNET. Signe de la liberté, qui est souvent devenu celui du despotisme et de la terreur.

BON. Qualité que l'on croit bien commune, qui cependant est plus rare qu'on ne pense.

BONTÉ. Disposition d'un esprit débile, insignifiant, d'un caractère faible. *Vous avez bien de la bonté ; vous avez trop de bonté ;*

en d'autres mots : vous êtes un niais , une dupe,
un imbécille.

Au singulier , ce mot se prend quelquefois en
bonne part ; et dans ce sens abstrait, la bonté
est une vertu , mais ce n'est jamais par vertu
qu'une femme *a des bontés* pour quelqu'un.

BOUDOIR. Salle gymnastique de la coquette.

BOUILLOTTE. Roulette de la bonne
compagnie.

BOUQUIN. Vieux livre semblable à beaucoup d'esprits, et avec lequel cependant on en
manufacture de nouveaux.

BOURSE. Temple où les hommes de toutes
les religions et de tous les partis viennent sacrifier à la même idole.

BRAVE. Voyez *Soldat français.*

BRAVER. Action la plus sage ou la plus
folle , et toujours la plus hardie.

BRÉVIAIRE. Livre que les ecclésiastiques
portent toujours sur eux , mais qu'ils changent
volontiers contre un Machiavel quand ils sont
ministres , ou contre un poignard quand ils
sont factieux.

BROCANTEUR. Synonyme de fripon ou
de voleur.

BROCARD. Monnaie de société qu'on paye communément aux ridicules.

BROCHURES. Productions légères auxquelles leurs auteurs ont presque toujours le malheur de survivre. —Petits moyens employés par de grandes puissances. Voyez *Journaux*.

BRUSQUE. Homme généralement plus vrai et plus sensible que l'homme poli.

BUDJET. *Registre à partie double.* — Compte que les nations commencent à se faire rendre. — Thermomètre de la prospérité ou de la misère publique.

BULLE. Morceau de parchemin revêtu d'un sceau de plomb, et qui souvent n'en a pas plus de poids pour cela.

BULLETIN. Rapport dans lequel il est d'usage de grossir le bien et d'atténuer le mal. Voyez *Armée* et *Santé*.

BUREAU. Lieu d'où partent trop souvent des arrêts sans justice, des décisions sans bases, des résolutions sans humanité, et des promesses sans bonne foi.

BUREAUCRATIE. Espèce de gouvernement qui fait fleurir les papeteries aux dépens des autres branches du revenu public.

C.

CABALE. Petit moyen d'arriver à de grandes choses. — Art qu'on a perfectionné de nos jours, et que ne dédaignent ni la politique, ni le talent. Voyez *Election*, *Institut* et *Spectacle*.

CABARET. Lieu où le pauvre apprend à porter plus gaiement sa misère. — Grand débit de consolations en bouteilles.

CABINET. Grand atelier d'iniquités. — Salle d'étude des rois.

CABRIOLE. Manière ingénieuse de se dérober à l'importunité, et de dissimuler l'humiliation.

CACHEMIRE. Talisman devant lequel la vertu des femmes se détend mal. — Moyen de parvenir. — Décoration des femmes entretenues.

CACHET (Lettre de). Manière expéditive employée autrefois par un grand seigneur pour se défaire d'un créancier ou d'un rival.

CACOPHONIE. Voyez *Chœurs d'opéra*.

CADRAN. Mesure du temps et des folies.

des hommes, que l'on consulte souvent sans
pour cela s'amender.

CADUCÉE. Attribut de *Mercure.* — Il
ouvre la porte des cours à ceux qui veulent bien
le porter.

CAFARD. Autrefois on ne connaissait que
les *cafards religieux;* de nos jours, il est
beaucoup de *cafards politiques.*

CAFÉ. Club du nouvelliste.—Arche de Noé,
où l'on voit plusieurs espèces de bêtes rassem-
blées ; on y parle sans rien dire ; on y discute
sans s'entendre ; on y politique sans avoir la
moindre idée du gouvernement ; on y médit
sans haine ; on y calomnie sans aversion ; on
en sort sans savoir rien de plus que quand on y
est entré.

CAGOT. Spéculateur qui combine de sang-
froid les moyens d'employer la religion à ses
fins.

CAISSIER. Homme qui n'a besoin ni de
politesse, ni d'esprit pour plaire.

CALCUL. Science la plus répandue, parce
qu'elle est la plus lucrative, et qu'elle dispense
d'esprit et d'étude.

CALEMBOURG. Esprit des savans de société. J'en connais deux qui atteignent au sublime : Ce poste est *indéfendable*, disait un officier à son général. Monsieur, répondit celui-ci, ce mot n'est *pas français*. — Un cardinal français plaidait à Rome pour les libertés de l'église gallicane : *Gallus cantat*, dit avec mépris un ultramontain ; *Utinam ad galli cantum Petrum pæniteat*, répondit le Français Voyez *Concordat*.

CALENDES GRECQUES. Époque à laquelle les mauvais débiteurs renvoient leurs créanciers, les commis les solliciteurs, et les coquettes leurs soupirans.

CALENDRIER. Horloge que la jeunesse consulte avec espérance, l'âge mûr avec inquiétude, et la vieillesse avec effroi.

CALOMNIE.

Partout la calomnie a, de traits imposteurs,
Du genre humain trompé noirci les bienfaiteurs.
Aux intrigues de cour c'est elle qui préside ;
Souvent elle embrasa de sa flamme homicide
Le tribunal auguste où dut siéger Thémis.
O juges de Calas ! vous lui fûtes soumis.
Ses clameurs poursuivaient Abeilard sous la haire,
L'Hopital au conseil, Fénélon dans la chaire,
Turenne et Luxembourg sous les tentes de Mars.
Denain même la vit sous les pas de Villars ;
Et Catinat, couvert des lauriers de Marsailles,
Au lever de Louis, la trouva dans Versailles.

Les Cévennes long-temps ont redouté sa voix;
Elle guidait Bâville, elle inspirait Louvois.
N'est-ce pas elle encor qui, dans Athènes ingrate,
Exilait Aristide, empoisonnait Socrate,
Qui dans Rome opprimée égorgeait Cicéron,
Ouvrait les flancs glacés du maître de Néron?
Elle espéra flétrir de son poison livide
La palme de Virgile et le myrte d'Ovide.
Si l'arrêt d'un tyran fait massacrer Lucain,
Chez un peuple asservi chantre républicain;
Du vulgaire envieux si la haine frivole
A l'Homère toscan ferme le Capitole;
Si je vois du théâtre et l'amour et l'orgueil,
Molière, admis à peine aux honneurs du cercueil,
Milton vivant proscrit, mourant sans renommée,
Et la muse du Tage à Lisbonne opprimée;
Helvétius contraint d'abjurer ses écrits;
Le Pindare français, loin des murs de Paris,
Fuyant avec la gloire et cherchant un asile;
Les cités se fermant devant l'auteur d'Émile,
Sur l'éternel fléau de leurs jours malheureux
J'interroge en pleurant ces mortels généreux:
Leurs mânes irrités nomment la Calomnie.

CAMÉLÉON. Petit animal très-commun
de nos jours, qui prend toutes les couleurs
sans changer de nature, et pour qui un changement est une transition vers un autre.

CAMPAGNES. Titre de noblesse d'un
soldat.

CANAILLE. Terme qui souvent convient
mieux à celui qui l'emploie qu'à ceux auxquels il

le donne. — Mot en usage chez les sots qui sont nobles, ou prétendent l'être, pour désigner les hommes utiles. La marquise de...... voyant sortir un roturier qui avait parlé pour la noblesse : « Convenez, dit-elle, qu'il y a encore de la canaille qui pense bien. »

CANAPÉ. Trône où la beauté reçoit l'hommage du vice.

CANDEUR. Qualité d'un cœur sensible et juste, dont les effets sont le revenu des fripons.

CANDIDAT. Homme qui est sur la route des dignités, et qui fait aujourd'hui des bassesses dans l'espoir de se montrer insolent demain.

CANON. Seul roi qui exerce la monarchie universelle.

CANON D'ALARME. Voyez *Dîmes*, *Droits féodaux*, *Couvents*, *Privilége*, *Biens nationaux*, etc., etc.

CANONICAT. Charge envers Dieu, que l'on paye avec des prières, et qui donne le privilége de n'aimer que soi.

CAPACITÉ. Qualité à peu près nulle dans la société ; car on n'y demande point que l'homme convienne à la place, mais que la place convienne à l'homme.

CAPITALISTE. Spéculateur utile ou dangereux, selon qu'il a la conscience plus ou moins large.

CAPRICE. Modification de la tyrannie, qu'on reproche à la beauté, et qui réussit à la laideur même.

CAPTIEUX. Homme dont l'art est moins puissant sur les esprits grossiers que sur les âmes délicates.

CAQUET. Plaisir de la médisance, qui a tout l'effet de la calomnie.

CARACTÈRE NATIONAL. Il ne faut pas le juger dans des révolutions. — Comment se flatterait-on d'être juste, si l'on appréciait l'atmosphère d'après les nuages, la mer d'après les tempêtes, la terre d'après les volcans?

CARÊME. Jeûne des catholiques, très-nécessaire pour soutenir le commerce des hérétiques, qui possèdent des pêcheries à la baie d'Hudson et à Terre-Neuve.

CARESSES. Manière de suppléer à ce qu'on doit sentir, de répondre à ce qu'on ne croit pas, et de remercier de ce qu'on n'avait pas désiré.

CARICATURES. Épigramme de la peinture. Voyez *Jeunes Gens à la mode*.

CARMAGNOLE. Petite veste fort à la mode il y a vingt ans, que bien des gens ont su convertir en habit de cour.

CARNAVAL. Époque à laquelle l'homme est atteint d'une folie annuelle, qui commence par des excès et se termine par des austérités.

CARTES. Petits cartons rouges et noirs inventés pour le délassement des oisifs et la ruine des familles.

CARTES DE VISITES. Souvenir d'une personne charmée de ne vous avoir point trouvé.

CARTON. Tombeau des affaires. Voyez *Pétition*. — Moyen de faire disparaître dans un livre déjà imprimé, ce qui déplait à la police. — Opération qui donne un grand prix à quelques exemplaires d'un ouvrage. — On recherche un livre avant les *cartons* comme une *gravure avant la lettre*.

CASTRAT. Martyr de la musique.

CASUISTE. Algébriste spirituel qui a su calculer et réduire en équations les sottises qu'un chrétien peut faire sans trop fâcher la Divinité.

CATACOMBES. Lieu où la coquette va

chercher des attaques de nerfs, et le poëte le sujet d'une ode.

CÉCITÉ. Conformation de l'œil qui empêche de reconnaître un ancien ami quand il est dans le malheur.

CÉLÉBRITÉ. Avantage d'être connu de gens qui ne vous ont jamais vu; d'être insulté dans les feuilletons, calomnié et dénoncé publiquement, et d'acheter, par les dégoûts sans nombre d'une vie agitée, l'espérance qu'on dira du bien de vous après votre mort.

CÉLIBAT. État commode pour ceux qui veulent jouir des plaisirs du mariage, sans en supporter les peines.

CENSEUR LITTÉRAIRE. Préposé pour faire faire quarantaine aux pensées.

Quelquefois dans Paris, un commis à la phrase
Me dit : à mon bureau venez vous adresser ;
Sans l'agrément du roi vous ne pouvez penser,
Pour avoir de l'esprit allez à la police ;
Les filles y vont bien sans qu'aucune en rougisse ;
Leur métier vaut le vôtre, il est cent fois plus doux.

CENSURE. Meurtrière des écrits qui écrase les œufs dans le nid pour les empêcher d'éclore.

CERBÈRE. Portier d'administration. — Maître d'école. — Mari jaloux.

CÉRÉMONIAL. Artifices imposans pour cacher le défaut de sincérité dans l'accueil.

CÉRÉMONIES FUNÈBRES. Honneurs rendus aux morts par considération pour les vivans.

CÉRÉMONIEUX. Homme toujours occupé des autres, et toujours payé d'ingratitude.

CERVEAU. Siége de tout bien et de tout mal.

CHALEUR. Qualité inconnue dans presque tous les ouvrages du jour.

CHAMBELLAN.

Une princesse, à la campagne,
Demandait à ses courtisans :
Où sont donc mes moutons d'Espagne?
Ils sont là dans vos champs bêlans.

CHANOINE. Prêtre, communément plus chargé de cuisine que de science. Synonyme d'inutile.

CHANSONS. Espèce de petits poèmes lyriques fort courts, que l'on chante pour éloigner quelques instans l'ennui si l'on est riche, et pour supporter plus doucement la misère si l'on est pauvre. Instrument politique dont l'effet ne manque jamais en France. Un homme d'esprit a défini cette nation, *une monarchie absolue tempérée par des chansons.*

CHANSONNER. Écrire gaiement l'histoire des scandales particuliers ou publics. Souvent le héros chanté la veille est chansonné le lendemain.

CHARLATAN. Imposteur qui s'enrichit à l'ombre du mépris.

CHARNEL. Homme qui a le malheur d'être composé de chair et d'os.

CHARTE. Palladium de toutes les libertés. Voyez *Constitution.*

CHASSE. Délassement de l'homme ennuyé qui cherche à tuer le temps en tuant des bêtes. Que fait, demandait-on, tel seigneur à la campagne? Il chasse... la grosse bête.

CHATEAU. Lieu où l'on voit la grandeur en petit, et le ridicule en grand.

CHAUME. Couverture des lieux où résident le travail sans récompense et la médiocrité sans éclat.

CHEMIN. (*Faire son chemin*). Voyez *Alexandre.* Il était caché dans la foule des

écrivains et des commis. Un beau jour il a rêvé
qu'il était homme d'État; il l'a dit : on a haussé
les épaules. Il l'a répété, on l'a écouté. — Il
a trouvé la porte des grandeurs ouverte, il s'est
lancé tout au travers. — Il s'est obstiné à crier
gare, et tout le monde s'est rangé. — Il n'a
cessé de vanter son mérite, et on a fini par le
croire ; il est arrivé jusqu'au prince ; on a beau
lui disputer sa place, il attend qu'un ministre
lui cède la sienne.

CHICANE. Noire passion de se détruire
les uns les autres, à l'aide de subtilités légales
et de distinctions captieuses :

> N'imitez pas ces foux dont la sotte avarice
> Va de ses revenus engraisser la justice,
> Qui, toujours assignant, et toujours assignés,
> Souvent demeurent gueux de vingt procès gagnés.

CHIMÈRE. Maladie de l'esprit, dont tout
le monde est attaqué, et pour laquelle il n'y a
pas de médecin.

CHRONIQUE (Scandaleuse). Histoire des
sottises, des ridicules et des vices de l'homme.
— Journal auquel chacun fournit un article.

CHUCHOTERIE. Habitude un peu plus
impertinente que le bavardage.

CHUTE. Accident qui met un sot à sa place , et donne au génie un nouvel essor.

CIMETIÈRE. Champ de l'égalité :

Le nombre ici n'est rien , la foule est solitaire.

CIRCONSPECTION. Attention réfléchie et mesurée sur la façon d'agir dans la société sans se compromettre ; vernis qui peut couvrir la médiocrité , les défauts et même les vices.

CIRCONSTANCES. Patrimoine de l'homme de génie.

CITOYEN. Homme qui a des mœurs , ami de l'ordre , respectant les préjugés utiles , observant la décence , pratiquant les vertus sociales , et renonçant quelquefois à son propre intérêt pour favoriser celui du public ; homme qu'on cherche depuis long-temps , et qu'on désespère de trouver.

CIVILITÉ. Courtisane qui caresse également ment tous ceux qui vont chez elle.

CLARTÉ. Le propre de la vérité étant de frapper par la clarté , ce qui n'est pas clair pourrait bien n'être pas vrai.

CLASSER. (Terme de bureau.) Ce mot est

lus poli que le mot *néant* d'autrefois. —
*'*pitaphe d'une pétition.

CLERGÉ. Anciennement l'un des ordres
le l'État, aujourd'hui restreint aux vertus apos-
oliques.

CLOCHES. Instrumens de la superstition
t de la liberté, encore moins utiles pour enterrer les morts que pour réveiller les vivans, et
ouvent plus puissantes pour allumer un incendie que pour l'éteindre.

COALITION. Conflit de chevaliers d'industrie réunis pour frauder le prochain, mais
que le partage du butin divise presque toujours.

COCARDE. Paratonnerre dans les momens
de crise.

COEUR. Creuset dans lequel fermentent
les passions. — Espèce de hors-d'œuvre dans
le mariage.

COLÈRE. Folie d'un moment; feu de paille
qui s'éteint aussitôt qu'il est allumé; ruine qui
se brise sur celui qu'elle écrase.

COLLATÉRAL. Homme qui fait cause
commune avec le curé et le fossoyeur pour ses
espérances et ses désirs.

COLLÉGE. Pépinière d'hommes d'État et d'épée, de magistrats, de commis, etc., etc. Seul lieu où règne l'égalité.

COMÉDIE. Prétendue école des mœurs, qui n'est que celle de l'esprit.

COMMENTAIRE. Art d'embrouiller au lieu d'éclaircir.—On commente tous nos grands auteurs. On a commenté jusqu'aux pièces fugitives de Voltaire. C'est ainsi que les commis de la douane attachent des plombs aux gazes d'Italie.

COMMIS. Machine faisant toujours la même chose depuis le 1er. janvier jusqu'au 31 décembre.

COMPENSATION. Système que la justice approuve, mais que la raison condamne. Doctrine qui devrait plaire à beaucoup d'hommes, puisqu'elle délivre de la crainte de l'enfer.

COMPILATEUR. Tailleur littéraire en vieux.

COMPLAISANT. Homme faible d'esprit, incapable de penser par lui-même, et qui reçoit avidement toutes les impressions qu'on veut bien lui donner.

CONCERT. Sublime ennui. — Rendez-vous ordinaire d'une femme honnête.

CONCORDAT APOSTOLIQUE. Pacte

ait entre Léon X et François Ier., pour le salut et la prospérité de la France, *en* 1818. — Loi de finance française décrétée à Rome.

CONCORDAT. Acte long-temps médité entre un débiteur et ses créanciers, l'un pour ne pas trop payer, les autres pour ne pas trop perdre.

CONFESSIONAL. Un curé de la Basse-Bretagne disait au prône, le dimanche des Rameaux : « Je vous annonce, mes frères, que » pour éviter la confusion, je confesserai :
» Lundi, les menteurs ;
» Mardi, les avares ;
» Mercredi, les médisans ;
» Jeudi, les voleurs :
» Vendredi, les libertins ;
» Samedi, les femmes de mauvaise vie. »
On pense bien qu'il n'eut personne, et c'était là ce qu'il désirait.

CONFISCATIONS. Monnaie qu'on bat sur les échafauds. Honneur à la charte qui les abolit.

CONGRÈS. Assemblée où l'on parle beaucoup des peuples, et où l'on s'occupe beaucoup des rois.

CONJECTURE. Science la plus périlleuse de l'humanité.

CONQUÊTE. Action par laquelle on s'empare du bien d'autrui. *On fait la conquête* d'un royaume, d'une province, d'une femme ; on ne dit pas encore faire *la conquête d'une diligence.*

CONSCIENCE. Registre de nos œuvres, témoin incorruptible de notre conduite ; tribunal secret établi au fond de notre cœur, et contre lequel

« .... Il n'est point de refuge ;
» Il parle dans nos cœurs, rien n'étouffe sa voix ;
» Et de nos actions il est tout à la fois
» La loi, l'accusateur, le témoin et le juge. »

CONSCRIPTION. Coupe réglée des hommes.

CONSEIL D'ÉTAT. Raffinerie législative.

CONSIDÉRATION. La plus douce récompense de la vertu, si on ne la prodiguait pas souvent au vice. — On est considéré dans le monde, non pas parce qu'on est savant ou vertueux, mais parce qu'on a une belle maison ou une bonne table, et un grand équipage.

CONSTITUTION. Loi fondamentale d'un État.—Hommage rendu aux droits d'un peuple. — Parapluie que l'on ouvre quand il pleut, et que l'on ferme quand il fait beau. — La meilleure des constitutions est celle que l'on observe.

CONSTITUTIONNEL. Homme qui arche avec sécurité entre deux précipices ; abus du pouvoir et l'excès de la liberté. — ige qui voit dans une liberté raisonnable le onheur des nations.

CONTE. Fiction ingénieuse, rêve brillant, istoire réjouissante et naïve avec laquelle on muse l'éternelle enfance de l'homme.

CONTEMPORAINS. Collatéraux qui vous meront après votre mort.

CONTREDIRE. C'est quelquefois frapper une porte pour savoir s'il y a quelqu'un à la aison.

CONTUMAX. Homme tué en effigie.

CONVERSATION. Échange mutuel de ensonges. — Les conversations ressemblent ux voyages qu'on fait sur l'eau ; on s'écarte de terre sans presque le sentir, et l'on ne s'a-erçoit qu'on a quitté le bord que lorsqu'on est éjà bien loin.

CONVERSION. Changement miraculeux, ui fait qu'une coquette surannée quitte le ouge, qu'une femme aimable se change en ie-grièche, qu'un homme du monde devient n chat-huant, qu'un juif renie sa religion et on culte pour quelques écus.

3

CONVIVE. Homme qui paye son dîner en complimens.

CONVULSIONNAIRE. Espèce de fou qui fait des sauts, et prophétise en faveur de la secte qui le paye davantage. Voyez *Magnétisme*.

COQUETTE. Vin dont tout le monde veut goûter, et dont personne ne veut faire son ordinaire.

> Au dedans ce n'est qu'artifice,
> Et ce n'est que fard au dehors :
> Otez-leur le fard et le vice,
> Vous leur ôtez l'âme et le corps.

COQUIN. Homme qui fait juste ce qu'il faut pour n'être pas pendu. Il en est d'un coquin comme de la poudre à canon, dont on ne doit se servir qu'avec beaucoup de précaution, de peur qu'elle n'éclate contre celui qui la met en œuvre.

CORBILLARD. Diligence qui conduit à l'autre monde, et dans laquelle il y a toujours de la place.

CORDONS (Grands). Un personnage marquant, pour ne rien perdre de sa dignité, portait dans le bain un grand cordon en fer blanc. —*Vanitas vanitatum*.....

COSMOPOLISME. Sensibilité banale, rapports généraux ; égoïsme qui, pour se dispenser d'aimer son père, sa mère et ses enfans, prétend aimer tout l'univers.

COULEUR. Synonyme de parti. — La *couleur* d'un journal, c'est-à-dire, la religion qu'il a adoptée, parce qu'elle lui semble la plus lucrative.

COUR. Théâtre des passions, où la politique tient presque toujours la scène ; où la sincérité ne joue qu'un rôle épisodique dont on se passe très-bien ; où le manége, la brigue et la souplesse ruinent tout, dirigent tout, et deviennent les véhicules de l'avancement ; où les vertus et les vices s'entrechoquent continuellement ; où les plus heureux sont souvent ceux qui méritent le moins de l'être ; où l'entrée est brillante et la sortie désagréable.

COURS PRÉVOTALES. Un roi de France parcourait une abbaye : Eh quoi ! dit-il à un jeune moine qui le conduisait, vous élevez ici des tombeaux aux hommes condamnés à mort par la justice? Non point par la justice, lui répondit le moine, mais par des *commissions*. Le roi fut frappé de la leçon, et ne voulut plus que, pendant son règne, il existât des tribunaux de cette espèce.

COURAGE. Juste milieu entre la témérité et la lâcheté. L'homme de courage voit le danger et l'attend, le téméraire s'y jette tête baissée.

COURONNE. Cercle d'or, orné au dehors de diamans, mais garni au dedans de pointes aiguës et qui laissent toujours des marques sur le front de celui qui l'a portée.

COURONNEMENT. Baptême des rois.

COURTIER. Homme qui ne fait rien pour rien, et qui fait peu de chose pour beaucoup d'argent.

COURTISANS.

Peuple caméléon, peuple singe du maître.

Mendians bien vêtus, sans honneur et sans humeur :

Leur valeur dépend de leur place :
Dans la faveur, des millions,
Et des zéros dans la disgrâce.

COURTISANE. Femelle du courtisan. Les femmes ont les passions plus vives que les hommes. Celui-ci ne se prostitue qu'aux grands ; celle-là s'abandonne aux grands et aux petits.

COUSINS. Nous le sommes tous à tel ou tel degré.

COUTUME. Préjugé qui nous tyrannise avec violence, et auquel le sage est obligé de se conformer.

CRÉANCIERS. Honnêtes gens qui ont toujours tort, et qui enseignent la politesse.

CRÉATION. Apanage du génie.

CRÉDULE. Homme qui croit au Moniteur. — Homme qui dépend de quiconque n'a pas pitié d'un être sans défense.

CREPS. Jeu de dés transporté depuis quelque temps par les banquiers des jeux publics dans les sociétés particulières. — Le père de famille n'aura plus besoin d'aller dans un mauvais lieu pour se ruiner. C'est une conquête pour la morale.

CRIME. En politique, crime est presque toujours un mot de convention. Ce qui était crime hier est aujourd'hui vertu.

CRIME DE LÈSE-MAJESTÉ. Toute attaque contre un ministre.

CRITIQUE. Elle est en général l'action du jugement, le plaisir de la malignité, le prétexte de l'envie, l'esprit des sots, le fléau du génie.

D'un seul mot de Louis, le grand Racine pleure :
La critique déchire et la louange effleure.

CROISADES. Elles ont débarrassé l'Europe d'une foule de vauriens qui, pour obtenir la rémission des crimes qu'ils avaient commis chez eux, en allaient bravement commettre de nouveaux chez les autres.

CROIRE. L'opposé de savoir.

CUIRASSE. Arme qui n'est jamais sans défaut.

CUISINE. Chimie des gourmands. — Premier fondement de la réputation de celui qui veut jouer un rôle dans la société.

CUISINIER. Artiste plus estimé qu'un poëte, un peintre ou un philosophe ; à l'aide des jus et des coulis, il trouve le moyen de donner de la considération à l'être le plus méprisable, et du mérite au riche ignorant.

CULTE. Suite de cérémonies et de mouvemens du corps, qui font la base de presque toutes les religions.

CURÉ. De tous les pasteurs, le plus utile, le moins considéré, et le moins payé.

D.

DANGEREUX. Homme qui attaque avec trop de franchise l'ineptie et les exactions de certains fonctionnaires.

DÉBAUCHÉ.

Vois ces spectres dorés s'avancer à pas lents,
Traîner d'un corps usé les restes chancelants,
Et sur un front jauni qu'a ridé la mollesse,
Étaler à trente ans leur précoce vieillesse ;
C'est la main du plaisir qui creuse leur tombeau,
Et, bienfaiteur du monde, il devient leur bourreau.

DÉBITEUR. Homme quelquefois hors d'haleine pour fuir un créancier impitoyable.

DÉBONNAIRE. Surnom des rois dont on ne sait.que dire. Synonyme d'imbécille.

DÉBUT. Moment où l'audace est souvent plus utile que le mérite, mais où elle doit être ménagée avec beaucoup d'adresse, et ne peut être suivie de trop de modestie.

DÉCENCE. Extérieur modeste et retenu ; devoir plus indispensable que la vertu ; voile mieux tissu que l'hypocrisie, et dont les effets sont plus sensibles.

DÉCLARATION. Art de parler sans penser, et de dire pompeusement des riens.

DÉCLARATION D'AMOUR. Impertinence dite honnêtement et en jolis mots.

DÉCLARATION DE GUERRE. Acte par lequel deux hommes en condamnent souvent 200,000 à mort sans appel, pour un caprice, ou pour un morceau de terre.

DÉCORATIONS. Reliques qui valent souvent à beaucoup d'ânes grand nombre de saluts.

DÉFIANCE. Fille de l'expérience ; elle tourmente tellement ceux qu'elle domine, qu'il vaut peut-être mieux être dupe que défiant.

DÉFIANT. Homme qu'il serait doux de tromper, s'il était permis de tromper quelqu'un.

DÉFICIT. Supplément au budget.

DÉFIGURER. Occupation de beaucoup de gens qui, dans l'intention de donner du relief à leurs actions, défigurent celles des autres.

DÉGÉNÉRER. L'esprit dégénère dans la retraite, la vertu dans le monde, le cœur dans la mauvaise compagnie, et le goût dans la province.

DÉGOUT. Sentiment d'aversion qui naît de la satiété des plaisirs ou des honneurs.

Voyez *Coquette*, *Courtisan*, *Courtisane* et *Ecrivain*.

DÉGUISEMENT. Art de l'esprit, souvent inspiré par la prudence, et qui se présente quelquefois sous les dehors de la franchise.

DÉJEUNER. Ame de toutes les affaires ; affaires de jeu, affaires d'amour, affaires d'honneur, tout s'arrange avec un déjeuner.

DÉLATEUR.

Le peuple écoute, croit et hait les délateurs.

DÉLIBÉRATIONS. Arrêtés le plus souvent pris sans examen.

DÉLICATESSE. Mot qui sort toujours de la bouche des procureurs, des marchands, des rentiers, des commis, des héritiers et des gens de finance.

DÉMENCE. Vertige redoutable en politique, parce qu'alors les fous sont toujours furieux.

DÉMENTI. Soufflet en paroles.

DÉMOCRATIE. Gouvernement qui ne peut se soutenir que par sa vertu. Il est rarement durable.

DÉMON. Malin esprit créé pour effrayer les

3.

vieilles femmes et les petits enfans. Manne-
quin mis dans un jardin pour épouvanter les
oiseaux.

DÉNONCIATION. Dernière ressource du
solliciteur, qui tue son homme quand elle ne
l'élève pas.

DENTISTE. Homme qui arrache la mâ-
choire d'un autre pour faire mouvoir la sienne.

DÉPART. Moment qui remet à leur place
la plupart des personnes qu'il sépare, et leur
rend le plaisir de médire, que l'honnêteté et
la crainte avaient suspendu pendant leur séjour
ensemble.

DÉPENSE. Signe très-équivoque des reve-
nus. Manière de s'attirer de la considération
dans le monde aux dépens de qui il appartient.

DÉPIT. Délateur de l'amour-propre blessé.
En amour, avant-coureur du raccommode-
ment ; il hâte la défaite, varie les scènes, em-
bellit les femmes, et donne un ridicule aux
hommes, parce qu'ils y mettent plus d'apprêt
et moins de grâces.

DÉPUTÉ. Assidu d'une roulette politique
où la *blanche* sort plus souvent que la *noire*.

DÉSESPOIR. Force des faibles.

DÉSINTÉRESSEMENT. Vertu si rare que, quand elle se montre par hasard, on la prend d'abord pour de la fausseté ou pour de la faiblesse

DESPOTE. Pâtre qui se dit envoyé par Dieu pour parquer les brebis et surtout pour les tondre.

DESSEIN. Résolution de faire quelque chose, mais souvent

.... L'homme propose,
Dit le proverbe, et Dieu dispose ;
J'en suis persuadé, comme tout bon chrétien :
Et cela sans doute est la cause
Qu'en ce monde tout va si bien.

DESTINÉE. Être de raison que les infortunés aiment à personnifier pour lui attribuer leurs malheurs, et à laquelle ils prêtent des yeux et une intelligence pour les tourmenter à dessein.

DETTES. Celles d'argent se payent ou ne se payent pas, sans tirer à conséquence. L'homme froid croit trop aisément qu'on peut acquitter celles du cœur, l'homme délicat tombe dans le défaut contraire.

DEUIL. Signe équivoque de la tristesse. Marque de la joie intérieure des héritiers :

« Voyez mon crêpe, voyez ma joie. »

DEVOIRS. Conditions auxquelles on tâche souvent de se soustraire, par la seule raison qu'on est obligé de les remplir.

DÉVOUEMENT. Mot de passe d'une pétition.

DIABLE (Pauvre). Individu qui a plus d'appétit que de dîners , et qui doit résoudre le matin le problème un peu difficile de savoir s'il mangera dans la journée.

DICTIONNAIRE. Un faiseur de Dictionnaire fit un jour à d'Alembert des observations sur l'impropriété de quelques mots ; l'académicien les corrigea. L'autre , encouragé par sa docilité , voulut critiquer une phrase. « Pardonnez , monsieur , lui dit d'Alembert, je reconnais votre autorité quand il s'agit d'un seul mot , mais elle cesse dès qu'il y en a deux réun s.

DICTIONNAIRE DES GENS DU MONDE. Image de la vie humaine. Du bon , du mauvais, du passable , tout cela confondu sans qu'on sache à qui l'attribuer. — Enfant de plusieurs pères , qui ne peut vivre s'il n'est adopté par le public.

DIGESTION. Grande affaire de l'estomac. — Une mauvaise digestion d'un ministre ou de sa maîtresse, peut faire bien du mal au monde.

DIMANCHE. Jour de repos pour bien des gens qui n'ont rien fait dans la semaine.

DIME. Impôt levé autrefois par la superstition sur les hommes laborieux, pour engraisser des gens inutiles.

DINER. Moyen d'élection, de gloire, de fortune et de dignités. — La religion qu'on suit le mieux est la religion des dîners. Voyez *Electeur*, *Académicien*, *Journaliste*, *Ministres* et *Libraires*.

DIRE. Un philosophe doit *dire* la vérité, un politique le mensonge, un ambassadeur l'équivoque, et un grand roi ce qu'il pense.

DIRECTEUR. Saint homme à cou tors, communément très-friand. — Fraction de ministre. — Préposé pour maintenir la paix des coulisses, vider la caisse et pourvoir les actrices. — Pièce de rapport d'un gouvernement qui se disait républicain. Voyez *Moine*, *Administrateur*, *Spectacle* et *Gouvernement*.

DISCOURS. Source de tout mal et de tout bien. Voyez *Orateur*.

DISGRACE. Triomphe de l'honnête

homme. Mort du courtisan. — Épreuve de l'amitié.

DISPENSE. Impôt romain. — Preuve qu'il y a dans la religion des choses obligatoires pour les pauvres qui ne le sont pas pour les riches.

DITHYRAMBE. Une dame demandait la définition de ce mot. C'est pis qu'une Ode, lui répondit-on.

DISSIMULATION. Art qui ne peut devenir une habitude sans rétrécir l'esprit et endurcir le cœur. Principal gond sur lequel roulent les portes du temple de la Fortune.

DIVORCE. Remède dangereux à des maux plus dangereux encore.

DOCTEUR. Homme qui a payé un parchemin et qui l'exploite.

DOMINATION. Vieux péché des rois, dont il n'est pas probable qu'ils se corrigent.

DOT. Tarif de la beauté, de l'esprit, de l'amabilité et de la douceur d'une femme.

DOUTER. Rôle du sage.

DRAME. Pièce de théâtre où presque toujours les sentimens sont faux, les situations

forcées, l'action invraisemblable et le dénoûment absurde.

DROIT et ADROIT. Caractère du sage.

DROITS DE L'HOMME. Libertés dont
les cito ens doivent jouir sous un régime constitutionnel. — Principes consacrés par les
lois, avoués tout haut, et souvent violés de
même.

DUEL. Acte de souverain dans un particulier. — Assassinat qu'on prohibe et qu'on en-
courage. — Contradiction établie entre les
coutumes et les lois. — Si je me bats, j'encours
l'indignation du prince; si je ne me bats pas,
je perds mon honneur.

DUPE. Homme qui n'a pas encore appris à
mépriser ses semblables.

DUR. Homme qui joint une tête de fer à un
cœur d'airain, et à qui le monde entier est
indifférent quand il a bien dîné.

DYNASTIE. Familles régnantes dont un
des ancêtres a été élu par le peuple, ou s'est
emparé du trône.

E.

EAU BÉNITE. D'une préparation très-simple. Elle coûte fort peu malgré l'énorme consommation qui s'en fait dans les églises et chez les grands.

ÉCHECS. Jeu où le roi est toujours mat, quand il n'est plus environné de ses sujets.

ÉCHOPPE. Asile de la gaieté et de la misère.

ÉCLABOUSSURE. Elle ne peut tacher que l'habit d'un galant homme, lorsqu'elle vient de la voiture d'un fat.

ÉCLAIRER. Le meilleur ou le plus mauvais service que l'on puisse rendre à un homme sensible et conséquent. La raison n'a pas de plus sage parti à prendre, et la méchanceté de plus terrible ressource à employer.

ÉCLAT. Les occasions seules peuvent le justifier. Sans elles il n'est qu'orgueil ou scandale.

Le bruit est pour le fat, la plainte est pour le sot;
L'honnête homme trompé s'éloigne et ne dit mot.

ÉCLIPSE. Dans l'ordre moral, celles qui

sont journellement visibles sur notre horizon sont les éclipses du sens commun , de la gaieté, de la science, de l'honneur et de la probité par l'interposition du bel esprit et de l'orgueil, de l'ignorance et du vice.

ÉCLIPSER. Avantage momentané qui ne peut attirer que la considération des sots. — Un homme prudent ne cherche jamais à éclipser personne , parce qu'il sait que , dans ce genre de combat, la victoire est souvent plus à craindre que la défaite.

ÉCOLE. Lieu où l'on instruit la jeunesse par l'ambition, l'orgueil et la vanité. — Lieu où trop souvent la sottise s'introduit à la faveur d'un bonnet carré. — Le monde est une école qu'il faut avoir fréquentée , mais d'où l'on retire plutôt de la méfiance que de la franchise, et où l'on apprend plus souvent à détester les hommes qu'à les aimer.

ÉCONOMIE. Juste milieu entre la prodigalité et l'avarice , qui finit ordinairement par pencher du côté de la dernière. — Moyen de renvoyer aujourd'hui de vieux serviteurs pour placer demain des favoris.

ÉCRITS MODERNES. Quelques phrases décousues, quelques exclamations hors de

propos, quelques traits hardis, quelques saillies libertines, quelques pensées singulières,
quelques titres tout neufs : voilà les écrits modernes.

ÉCRITEAU. Piége *perfectionné* de nos
jours, tendus aux passaus, et d'autant plus
trompeur qu'il a plus d'éclat. — Il en est des
écriteaux comme de certains noms célèbres qui
suffisent pour donner de la vogue à un mauvais
ouvrage.

ÉCRITOIRE. Réservoir où l'esprit et la
sottise puisent à la fois, et qui pourtant ne
tarit jamais.

ÉCRITURE.

.........,........ Cet art ingénieux
De peindre la parole et de parler aux yeux,
Et, par les traits divers de figures tracées,
Donner de la couleur et du corps aux pensées.

ÉCRIVAINS. On peut les comparer aux
numéros de la loterie ; sur quatre-vingt-dix,
pas cinq de bons.

ÉDITIONS COMPACTES. Nouvelle manière de renfermer dans un petit espace les
œuvres des grands écrivains. — Édition à l'u-
sage du peuple, et par conséquent plus philo-
sophique que certaines gens ne voudraient.

ÉDUCATION. Seule noblesse qui distingue les hommes.—Ce n'est que par les enfans qu'on peut régénérer les peuples. L'éducation en fournit les moyens, et les lisières de l'enfance deviennent dans des mains habiles les rênes du gouvernement.

EFFÉMINÉ. Homme dégénéré ; femme sans charmes.

> Mon bon monsieur Nicolas,
> Vous êtes beau comme un ange,
> Et prenez un soin étrange
> A rehausser vos appas ;
> Quittez ce souci frivole,
> Soyez sage à l'avenir,
> Ou vous allez devenir
> Mademoiselle Nicole.

EFFIGIE. Moyen de tuer les gens avant leur mort.

EFFRONTERIE. Audace qui tient lieu de travail et de talent.

ÉGALITÉ. Chimère du philosophe. —L'égalité devant la loi est la seule qu'on doive et qu'on puisse réaliser. Celle des plaisirs supplée celle des conditions.

ÉGLISE. *Hors de l'Église, point de salut.* Maxime de fanatiques qui se disent chrétiens.

— *L'Église abhorre le sang*. Maxime des chrétiens véritables.

ÉGOISTE. Homme qui mettrait le feu à une maison pour faire cuire un œuf. — Sa maxime favorite est que pour être heureux, il faut avoir un mauvais cœur et un bon estomac.

ÉLECTIONS. L'un des droits politiques des hommes libres. — Grand théâtre où l'intrigue joue le principal rôle, et où l'honnête homme se voit contraint, pour rendre sans effet les attaques des intrigans, d'employer les mêmes armes qu'eux. — Champ de bataille où tout est de bonne guerre, où la ruse est permise, et où la faiblesse est le plus grand crime.

ÉLECTRICITÉ. Découverte qui assimile, pour ainsi dire, l'homme aux dieux.

ÉLÉGANCE. L'élégance du discours est nécessaire dans les académies, celle des manières dans le monde.

ÉLÉVATION. Un empereur disait en voyant sur le haut d'une colonne la statue d'un homme qui avait dominé le monde et que le monde avait renversé : Je sens que si j'avais été placé si haut, la tête m'aurait tourné. Belle parole d'un grand prince et d'un ennemi juste.

ÉLOGE. Mensonge officieux. — Souvent les

loges que l'on donne à l'esprit ne sont qu'un
ffront que l'on fait au cœur.

ÉLOQUENCE. Talent de faire passer avec
apidité, et d'imprimer avec force dans l'âme
les autres le sentiment dont on est pénétré.
— Puissance de la parole, dont les résultats
sont utiles ou dangereux suivant la moralité de
celui qui l'emploie. — Cicéron a défini l'orateur *vir bonus dicendi peritus*, un honnête
homme qui parle bien.

ÉMIGRÉ. Homme qui a sommeillé pendant
vingt ans, et qui voudrait faire croire que nous
avons dormi comme lui.

EMPIÉTER. Occupation journalière de
tous les gouvernemens et de tous les hommes
en place.

ÉMINENCE. Grand nom donné à un petit
homme.

EMPLOI. Propriété sans garantie. — Con-
sacrez votre jeunesse à servir le gouvernement.
Déployez dans un service public plus d'intelligence qu'il ne vous en aurait fallu pour être
avocat, négociant ou médecin; au bout de
vingt ans, on vous remerciera sans même vous
faire de remercîment, et l'on vous laissera peut-
être mourir de faim pour nourrir un favori.

Il serait temps que l'on remédiât à cet abus,
et qu'on sentît qu'il faut des garanties au talent
qui se voue au gouvernement, comme à celui
qui travaille pour lui-même. Voyez *Ouvrages
d'esprit.*

ENCENS. Il n'est point d'encens qui entête
si fort une femme que celui qui ne brûle pas
pour elle.

ENCRE. Petite liqueur noire avec laquelle
on renverse les rois et l'on change la face de
l'univers.

ENCYCLOPÉDIE. Recueil indigeste, dans
lequel la sottise et l'esprit sont tellement con-
fondus, que l'on prend souvent l'un pour l'autre.
— Image de bien des gens du monde.

ÉNERGUMÈNE. Homme atteint à la fois
d'esprit et de folie. — Personnage qui a beaucoup d'imagination, point de jugement, et qui
nuit à son parti plus qu'il ne le sert.

ENFANTEMENT. Douleurs presque toujours suivies d'un accès de joie.

O bienfaits d'une mère ! inaltérable empire !
Elle aime son enfant même avant qu'il respire.
Mais après tant de maux, quand ce gage adoré
S'échappe avec effort de son flanc déchiré,
. . . . , ...
Heureuse de souffrir, on la voit tour à tour
Soupirer de douleur et tressaillir d'amour.

ENFER. Foyer éternel, où doivent brûler jusqu'à la fin des siècles ceux qui ne se seront pas conformés aux dogmes et aux préceptes de l'inquisition. — Les ministres ont aussi leur enfer et leur purgatoire ; ce sont les prisons d'Etat.

ENLÈVEMENT. Action qui ne se fait jamais sans le consentement de la personne qu'on veut enlever.

ENNUI. Véritable diminution de la vie. — Triste tyran de toutes les âmes qui pensent, et contre lequel la sagesse peut moins que la folie.

ENNUYEUX. Homme qu'on rencontre partout, et qui est aussi empressé de se glisser dans les sociétés, qu'on l'est de ne pas l'y trouver. — Espèce de parasite qui n'en veut pas à votre table, mais à votre gaieté.

ENORGUEILLIR (S'). Rendre visible au public la médiocrité d'esprit ou la petitesse d'âme qu'une circonstance pouvait cacher.

ENRICHIR (S'). Faire assez souvent le métier d'avare ou de fripon, et quelquefois les deux ensemble.

ENSEIGNES. Muséum des rues. — Nouvelle branche de commerce pour nos peintres célèbres. — Décoration brillante d'un théâtre dont les acteurs ont le talent de faire valoir de mauvaises pièces.

ENSEIGNEMENT MUTUEL. Vaccine morale.

ENTERREMENT. Cérémonie plus ou moins lugubre, suivant qu'elle est plus ou moins payée. — Poule aux œufs d'or pour le clergé.

ENTR'ACTE. Moment de gaieté entre deux ennuis. — Repos entre deux révolutions. — Halte entre deux victoires.

ENTREPRENEUR. Spéculateur souvent désappointé. On dit entrepreneur de journal, entrepreneur de montagnes, entrepreneur d'illumination, entrepreneur de cabales ; on ne dit pas encore entrepreneur de gouvernement.

ENVIE. Fièvre pernicieuse qui a pour cause la bonne santé d'autrui. — Furie contemporaine de tous les temps, citoyenne de tous les lieux, toujours en mouvement, partout en horreur, accueillie partout.

ÉPAULER. Action des protecteurs ; moyen de faire quelque chose d'un homme de rien. — Se faire épauler est le premier soin d'un solliciteur consommé.

ÉPAULETTE. Signe autrefois caractéristique de la noblesse, aujourd'hui de la valeur.

ÉPÉE. Arme que portent beaucoup de gens qui ne savent pas s'en servir. — Logique irrésistible.

ÉPIGRAMME. Sorte de trait avec lequel on blesse plus ou moins sensiblement, suivant le tempérament que l'on rencontre ; elle doit ressembler à l'épée ; courte, claire et pointue pour plaire, punir et défendre.

ÉPITAPHE. Dernière des vanités de l'homme. — Victime de l'erreur pendant sa vie, le mensonge le suit jusque sur son tombeau.

ÉPITRE DÉDICATOIRE. Hommage de bassesse à la sottise. — Moyen qu'ont les auteurs d'exploiter la vanité des grands.

ÉPONGE. On finit les révolutions, non pas avec l'*épée*, mais avec l'*éponge*. — Le peuple ressemble à l'éponge, il s'imbibe facilement de tout.

ÉPOUSE. Femme qui a promis l'obéissance, et sait toujours se faire obéir.

ÉPURATION. N'est plus usité ; c'était naguère l'équivalent de « ôtes-toi de là que je m'y mette »,— remplacé par le mot *économie.*

ÉQUIPAGE. Voiture brillante, qu'on peut comparer à ces temples des anciens où l'or

4

resplendissait de tous côtés, et dont le dieu était un bœuf ou un singe.

ÉQUIVOQUE. Mot à double sens ; délices des petits esprits ; grand talent des auteurs de vaudevilles.

ERMITE. Homme qui se retire du monde par superstition ou par sagesse. — Tout le monde connaît un ermite qui, venu de la Guiane, a brillé à la Chaussée-d'Antin ; il est maintenant en voyage. Quelque part qu'il aille, l'esprit et le bon goût l'accompagnent.

ERREUR. Faute de l'esprit ; l'inconséquence en est le crime. — Apanage de l'humanité, pour laquelle elle semble être un besoin. *Errare humanum est* est toujours la réponse de celui qui veut faire excuser ses sottises.

ÉRUDIT. Il y a entre un homme de lettres et un érudit la même différence qu'entre un ouvrage et une table de matières.

ESCAMOTEUR. Rôle autrefois très-innocent, parce qu'il ne s'exerçait que sur une muscade. Aujourd'hui on trouve des escamoteurs dans presque toutes les classes. — Un *solliciteur* est un *escamoteur* de places ; un *fournisseur*, un *escamoteur* d'argent ; un *lieutenant de police*, un *escamoteur* d'hommes ;

n *usurpateur*, un *escamoteur* de royaumes ;
lus d'une fois un *juge* a escamoté la loi , et
u *législateur* la constitution. Les amis de
ancien régime voudraient bien escamoter ce
ui s'est passé depuis vingt-cinq ans ; mais celui-
. serait bien habile qui pourrait leur rendre les
riviléges que leur a escamotés la révolution.

ESCLAVE. Homme qui est devenu la pro-
riété d'un autre. — Tel orateur à la tribune
arle de liberté , qui est esclave d'un dîner mi-
istériel. Tel ministre croit **exercer un** des-
otisme, qui , malgré lui , est esclave de l'opi-
ion publique. Tel roi se croit tout-puissant
ans son royaume, qui est esclave de ses voisins.

ESCRIME. Art de tuer son homme suivant
es règles.

ESPIONNAGE. L'espionnage serait peut-
re tolérable , s'il pouvait être exercé par d'hon-
êtes gens. Mais l'infamie , nécessaire à la per-
onne, peut faire juger de l'infamie de la chose.

ESPRIT. Il y en a d'une infinité d'espèces ;
plus commun est aujourd'hui l'opposé du
on sens. Quand on vous a cité un homme d'es-
rit , il est encore temps de demander si c'est
n sot. On s'entend plus vite quand il est
uestion de l'esprit des femmes ; l'esprit , chez

elles, suppose toujours du goût, de la finesse et de la mesure.

On emploie le mot *esprit* dans un autre sens : on dit l'*esprit* d'un journal, ce qui ne veut pas dire qu'il ait de l'*esprit*, mais qu'il spécule sur telle ou telle opinion.

ESPRIT DES LOIS. Le genre humain avait perdu ses titres, Montesquieu les a retrouvés.

ESPRIT PUBLIC. Connaissance que le public a de ses droits, et qui tourne trop souvent contre lui lorsqu'il veut les faire valoir.

ESPRITS (Petits). Individus qui ressemblent à des bouteilles à goulot étroit, qui font d'autant plus de bruit lorsqu'on les vide, qu'elles contiennent moins de liqueur.

ESPRITS. (Revenans.) Êtres chimériques, dont les prêtres bercent l'imagination de leurs prosélytes. La peur des esprits ne vient pas de ce qu'on en a vu, mais de ce qu'on n'en a pas vu.

ESTIME. Connaissance sentie des vertus, ou des talens des autres. Prix de la vertu, qui ne peut jamais être un don, parce qu'on n'est pas libre de le refuser.

ESTOMAC. Le plus grand ennemi du pauvre. Il n'est rien qu'il n'engloutisse, et il

recommence sans cesse. — Apollon de beaucoup d'écrivains ; guide-âne du parasite.

ÉTAT. Synonyme de *charge.* Un grand seigneur fait l'insolent, et s'excuse sur la dignité
de son *état.* Un *financier* vole par *état*, un
courtisan rampe par *état*, c'est par *état* que
ment un journaliste.

ÉTAT. (Gouvernement). *L'état est en
danger*, grande formule dont se sert un gouvernement quand il veut obtenir de nouveaux
impôts, ou des hommes. *Maximes* d'*état*,
principes fondés sur le droit du plus fort.
Homme d'état, personnage qui sait le mieux
l'exploiter à son profit. *Criminel d'état*,
homme qui est presque toujours innocent, mais
que la *raison d'état* fait toujours punir. Désirer
la chute d'un usurpateur, le renversement d'un
ministre, ou l'abolition d'une taxe vexatoire,
c'est ce que les *hommes d'état* nomment *crimes
d'état*, et ce qu'ils punissent par un *coup d'état.*

ÉTAT SOCIAL. Chose contraire aux règles
de l'arithmétique, et où presque toujours une
fraction est plus que le tout.

ÉTEIGNOIR. Chapeau d'uniforme des
amis du bon vieux temps.

ÉTERNITÉ. — Durée mystérieuse ; inépuisable existence, qui toujours demeure entière, et n'est jamais entamée par les plus longues révolutions.

> Le temps, cette image mobile
> De l'immobile éternité.

ÉTIQUETTE. Tribut d'usage qui favorise bien des vices, et cache bien des tourmens. — L'esprit de ceux qui n'en ont pas, et quelquefois le faible de ceux qui en ont. — L'étiquette des souverains de l'Asie, qui n'admet que les races des mages, et les cousins du soleil et de la lune à leurs banquets, dispense le vrai sage de s'ennuyer dans leur antichambre.

ÉTOURDI. Homme peu capable de fausseté et peu susceptible de repentir.

ÉTUDE. Plaisir de tous les temps, ressource dans tous les lieux, remède contre tous les maux de l'imagination et de l'esprit :

> L'étude, après l'amour, est le meilleur des maux.

ÉTYMOLOGIE. Il en est des étymologies comme des bons mots ; plus on les recherche, moins on les trouve.

ÉVALUER. Juger de la valeur d'un homme par son coffre-fort.

ÉVANOUISSEMENT. Grand moyen d'obtenir d'un mari un cachemire, ou des diamans.

ÉVÉNEMENS PUBLICS. Sujets des pièces
e circonstances, des odes et des articles de
ournaux commandés aux affamés du Parnasse.

ÉVÊQUES. Successeurs à équipage de
auvres pêcheurs qui parcouraient à pied la
alestine. — Sujets de deux maîtres dont l'un
aye et l'autre commande.

EXACTITUDE. Mérite d'un commis et
l'un esprit étroit.

EXAGÉRATION. Rhétorique des esprits
faibles, et logique des esprits faux.

On affaiblit toujours ce que l'on exagère.

Figure familière aux Gascons.

EXAGÉRÉ. Jacobin de tous les partis,
qui n'aime que les couleurs tranchantes.

EXCELLENCE. Échasses sur lesquelles on
élève un petit homme.

EXCOMMUNICATION. Artillerie papale
aujourd'hui enclouée.

EXCUSE. Espèce de monnaie courante de
peu de valeur, que l'on donne et que l'on reçoit sans y ajouter foi de part et d'autre.

EXÉCUTION A MORT. Seule tragédie
dont le dénoûment soit réel. — Spectacle fa-

vori de ceux qui ont besoin d'être remués par de fortes sensations.

EXEMPLE. Corrupteur qui met adroitement notre raison dans ses intérêts. Boussole qui dirige éternellement la conduite du vulgaire.

EXIL. Changement de place, fréquemment accompagné de la perte des biens dont on jouissait, du rang que l'on tenait, du pouvoir que l'on exerçait, de la séparation de sa famille et de ses amis, du mépris dans lequel on peut tomber, et de l'ignominie dont on essayera de noircir votre innocence.

Il commence quelquefois l'existence d'un fat, et le néant d'un héros.

EXPÉDIENS (Recourir aux). C'est là que sont réduits les trois quarts des jeunes gens, et plus d'un gouvernement. Voyez *Emprunts.* —*Dons volontaires.* —*Marchands d'habits.* — *Papier-monnaie.* — *Prêteurs sur gages.* — *Ventes de biens communaux.* — *Mont-de-Piété.* — *Cautionnemens et Brocanteurs.*

EXPÉRIENCE. Premier juge de toutes nos actions; premier maître de nos esprits; école ouverte à tout le monde, où peu de gens entrent avec la capacité de s'instruire, et d'où les insensés ne tirent aucune instruction. Pierre de touche sur laquelle il convient d'essayer toutes les théories.

EXPIATION. Action par laquelle l'innocent s'accuse et répare le crime qu'il n'a pas commis.

EXPLIQUER. Manie des hommes.

J'ai su tout expliquer, ne pouvant tout connaître.

EXPLOIT. *Travail* d'un huissier, *action* d'un héros.

EXTASES. Syncopes sacrées , durant lesquelles les dévots et surtout les dévotes ont le bonheur de rêver et de voir des bluettes.

EXTÉRIEUR. Apparence dont on ne se défiera jamais assez. Moyen de succès.

F.

FABLE. Fiction qui représente une vérité.

Vantez-nous maintenant, bienheureux légendaires,
Le porc de saint Antoine et le chien de saint Roch ,
  Vos reliques et vos scapulaires,
Et la guimpe d'Ursule et la crasse du froc ;
Mettez la fleur des saints à côté d'un Homère :
Il ment, mais en grand homme ; il ment, mais il sait plaire ;
  Sottement vous avez menti :
  Par lui l'esprit humain s'éclaire,
Et , si l'on vous croyait, il serait abruti.

4.

On chérira toujours les erreurs de la Grèce;
   Toujours Ovide charmera.
Si nos peuples nouveaux sont chrétiens à la messe,
   Ils sont païens à l'opéra.

FACHER (Se). Dans un des dialogues de Lucien, Mercure dit à Jupiter : « Tu te fâches, donc tu as tort. »

FACHEUX.

   O la maudite compagnie
   Que celle de certain fâcheux,
   Dont la nullité vous ennuie !
   On n'est pas seul, on n'est pas deux.

FACILITÉ. Grâce du génie, et plus souvent défaut de la médiocrité. — Il y a des hommes qui travaillent beaucoup, rapidement, et mal. On a dit de l'un d'eux qu'il avait la facilité du dévoiement.

FAIBLESSE. État qui nous expose à devenir le jouet de celui qui veut prendre la peine de nous tromper. En fait de gouvernement, elle est pire qu'une tyrannie qui maintient l'ordre général.

FAIM. Conseillère du crime.

Et la faim qui frémit des conseils qu'elle donne.

FAIRE. Une partie de la vie se passe à *faire* le mal, une autre partie à ne *rien faire*, et la totalité à *faire* autre chose que ce que l'on doit.

FALOT. Lanterne de toile. — Un sot est un falot, la lumière passe à travers.

FAMEUX. Homme qui paye tous les jours l'honneur de s'être élevé par la peine de se soutenir.

FAMILIARITÉ. Relâchement de presque toutes les règles de la vie civile, introduit dans la société pour nous faire parvenir à ce qui est commode.—Douce expression du sentiment, imposture flatteuse de la grandeur, piége agréable de l'intérêt. — Maladresse avec nos supérieurs : ils nous en savent mauvais gré; avec nos inférieurs, ils ont moins de considération pour nous.

FAMILIERS. Nom que l'on donne en Espagne et en Portugal à des seigneurs distingués qui, par humilité, se font espions, délateurs et alguazils de la très-sainte Inquisition.

FANATISME. Délire de la vertu, prétexte du crime.

Enfant dénaturé de la religion,
Armé pour la défendre, il cherche à la détruire,
Et, reçu dans son sein, l'embrasse et la déchire.

C'est lui qui, dans Raba, sur les bords de l'Arnon,
Guidait les descendans du malheureux Ammon,
Quand à Moloch, leur dieu, des mères gémissantes
Offraient, de leurs enfans, les entrailles fumantes.
Il dicta de Jephté le serment inhumain ;
Dans le cœur de sa fille il conduisit sa main.
C'est lui qui, de Calchas ouvrant la bouche impie,
Demanda par sa voix la mort d'Iphigénie.
France, dans tes forêts il habita long-temps ;
A l'affreux Teutatès il offrit ton encens.
Tu n'as point oublié ces sacrés homicides
Qu'à tes indignes dieux présentaient tes Druides.
Du haut du Capitole il criait aux païens :
Frappez, exterminez, déchirez les chrétiens.
Mais, lorsqu'au fils de Dieu, Rome enfin fut soumise,
Du Capitole en cendre il passa dans l'église,
Et, dans les cœurs chrétiens inspirant ses fureurs,
De martyrs qu'ils étaient, les fit persécuteurs.
Dans Londre il a formé la secte turbulente
Qui, sur un roi trop faible, a mis sa main sanglante.
Dans Madrid, dans Lisbonne, il allume ces feux,
Ces bûchers solennels, où des juifs malheureux
Sont, tous les ans, en pompe, envoyés par des prêtres,
Pour n'avoir point quitté la foi de leurs ancêtres.

FANFARON. Homme qui subsiste par le mépris des gens d'esprit, et par la crainte des esprits faibles.

FANTOME. Objet réel pour les imaginations faibles; moyen puissant pour les esprits trompeurs.

FAQUIN. Assemblage de sottise, de fa-

tuité et d'impertinence, assaisonné de prétentions de grand seigneur et de manières de
parvenu.

FARD. Composition qui a la propriété de
rendre les vieilles femmes un peu plus laides,
et les jeunes un peu moins jolies.

FASTE. Manière de se faire entendre en
criant plus fort que les autres.

FASTES. Recueil de crimes, dans lequel
les tyrans cherchent des exemples, les poëtes
des tragédies, et les petits auteurs des mélodrames.

FAT. Petit individu qui, dans le monde,
n'admire, n'aime et n'estime que lui-même,
et dont le meuble par excellence est un
miroir.

FATALISME. Doctrine qui attribue tout
au destin. Religion d'un grand nombre de
héros.

FAUSSETÉ. Vice qui exige des sacrifices
et des grimaces; par elle la nature est sans cesse
immolée au talent.

FAUX-JOUR. Moyen dont la haine et
l'envie se servent avec efficacité pour dérober
les actions honnêtes à l'estime, livrer le mé-

rite au mépris, l'innocence à la loi, et la vertu à la persécution.

FAUX-PAS. Souvent plus dangereux qu'une chute.

FAVEUR. Odeur agréable, mais qui ent'te. — Vent qui fait tourner les girouettes. — Plus le soleil s'approche de la terre, plus l'ombre des hommes s'agrandit. Voilà la faveur !....

> Un bon papa faisait sauter son fils.
> Il le prend sur l'épaule, et l'enfant se redresse :
> — Que tous les hommes sont petits !
> Se disait-il avec ivresse.
> — Chacun autour de lui s'écriait : Qu'il est grand !
> On traite l'homme en place ainsi que cet enfant.

Dans les faveurs de la fortune, comme dans celles de l'amour, on ne passe guère de l'imagination à la réalité sans y perdre.

FAVORI. Homme insolent par caractère et bas par nécessité.

FÉDÉRATION. Alliance de tous les citoyens d'une nation pour chasser l'ennemi commun.

FEINTE. Art d'étouffer sous prétexte d'embrasser.

FEMME. Il n'y a pas de pays où l'on dise

plus de bien des femmes, et où l'on en pense plus de mal qu'en France ; il est vrai qu'il n'y a pas de pays où l'on puisse trouver plus d'exemples pour justifier les éloges des uns et les satires des autres. — Il y a de vieilles femmes des deux sexes.

FEMME GALANTE. Rose dont chaque amant prend une feuille, et de laquelle il ne reste plus que l'épine pour le mari.

FÉODALITÉ. Système qui met tout un peuple sous le despotisme d'une foule de privilégiés. — Espèce d'anarchie organisée. Guerre civile perpétuelle, dans laquelle nos pères ont vécu très-heureux, comme chacun sait......

FER. Droit public des souverains. Métal avec lequel on liquide ses dettes au défaut d'or.

> — Tout est à moi, car je l'achète,
> Et je paye en deniers comptants,
> Disait l'or en levant la tête.
> — Tout beau, dit le fer, je t'arrête;
> Tout est à moi, car je le prends.

FÊTES. Diversité dans l'ennui du riche. Consolation, plaisir vrai du pauvre. — Un prince avait été fêté dans une ville. « Vous avez bien fait ce que vous deviez, dit un courtisan,

Oui , répondit un habitant; mais nous de-vons ce que nous avons fait. »

FIANCÉ. Aveugle qui touche le précipice du bout de son bâton.

FIDÉLITÉ. Qualité qui coûte autant qu'elle honore , lorsque la probité est son seul prin-cipe.

FIER. Cheval qui porte la tête très-haut , et qui communément a les reins faibles.

FIERTÉ. Défaut de l'homme qui ose dire la vérité aux grands.

Pauvre esclave , on te gronde , on te frappe sans cause;
Crois-moi, sache te taire , ou te plaindre bien bas.
  Un grand veut qu'on n'écume pas
  En mordant le frein qu'il impose.

FILLE. Ce mot fille signifie, *ad libitum*, ce qu'il y a de plus pur , ce qu'il y a de plus doux , ce qu'il y a de plus bas , ce qu'il y a de plus vil dans le sexe féminin. Il est sage et timide comme une *fille*. Il aime tendrement sa *fille*. En quittant l'auberge , il a donné quelque chose à la *fille*. Il a eu l'impudence de se montrer au spectacle avec une *fille*.

FINANCES. Le sublime de cette science est de faire payer l'impôt par ceux qui n'ont rien.

FINESSE. Partage des petits esprits, qui n'ont ni grandeur ni élévation.

FLATTERIE. Fausse louange. — Je sais que tu me flattes, coquin, dit un grand seigneur à son parasite ; mais c'est égal, cela me fait toujours plaisir.

FLATTEUR. Homme qui cache sous une estime apparente un mépris très-véritable, puisqu'il ne flatte que sur la supposition de la faiblesse de celui qui en est l'objet. Personnage dont la bassesse est le caractère, et la fausseté le patrimoine. — Esclave qui n'est bon pour aucun maître.

FOLIE. Tyrannie des objets sur l'imagination. — Il n'y a que les petites folies qui conduisent aux petites maisons ; les grandes folies qui sont à la mode procurent aux hommes de l'argent et des honneurs.

FOLLICULAIRE. Écrivassier qui, sous le voile de l'anonime, déchire impunément et à tant la feuille

Ceux qui n'ont pas l'honneur d'être de ses amis.

FORTUNE (Faire fortune.). Les petites fortunes coûtent beaucoup de peines ; mais les grandes se font à peu de frais. — Il est souvent plus difficile de gagner le premier écu que le second million.

FOU. Individu dont la *folie* ne s'accorde pas avec celle du plus grand nombre.

FRANCE. Patrie de la gloire et des arts.

FRANÇAIS. Médecins généreux qui inoculent toutes les vérités à leurs dépens.

FRANCHISE. Vertu, quand elle est réglée par la prudence. Un excès de franchise est une indécence comme la nudité.

FRONDEUR. Homme qui passe sa vie à être fâché de ce que la Seine va du côté de Rouen, au lieu d'aller du côté de Melun. — Variété dans l'espèce des ambitieux. — Soldat qui suit le char du triomphateur en lui disant des injures.

FUMÉE. Espèce de vapeur noire qui guide les bateaux et les hommes. — Nourriture que bien des gens préfèrent à des alimens plus substantiels.

G.

GAGES. Honoraires des valets. Il y a beaucoup de grands seigneurs dont les traitemens ne sont que des gages.

GAIETÉ. *La rosée de la gaieté*, dit Montaigne, *tombe rarement sur les âmes perverses.* Louis XI était toujours sombre, et Henri IV toujours joyeux.

GAIN. But direct et invariable des actions de presque tous les hommes.

GALANT. Un *galant homme* n'est pas toujours un *homme galant.* — C'est un mérite d'être *galant* auprès des femmes, pourvu que ce ne soit pas des *femmes galantes*.

GALÈRES. Purgatoire où la justice humaine envoie les malfaiteurs, et quelquefois les honnêtes gens. — Punition qui, au lieu de corriger les hommes, augmente ordinairement en eux l'amour du vice.

GALETAS. Asile ordinaire des pauvres diables qui mettent à contribution leurs bras et leur esprit pour la commodité et l'agrément de ceux qui logent au-dessous d'eux.

GALIMATIAS. Il y en a de deux sortes ; le galimatias simple et le galimatias double : le galimatias simple est celui que l'auteur comprend, et que le public ne comprend pas ; le galimatias double est celui que ne comprennent ni le public ni l'auteur.

GALON. Morceau de soie et de laine avec lequel on récompense la valeur, et l'on décore les valets.

GANACHE. Homme au - dessous des lumières de son temps. On peut le comparer à l'incrédule de la Bible : « Il a des yeux et ne voit point ; il a des oreilles et n'entend point ; il a des mains et n'en fait point usage. »

GARDER. Il y a trois choses dont la garde est très - difficile : une citadelle, un trésor et une femme.

GARDE-FOUX. Constitutions des états. — Livres de morale.

GARDE - MANGER. Bibliothèque d'un gros Crésus qui a perdu l'habitude de penser, pour ne conserver que celle de manger.

GASCON. Le plus brave avant et après la bataille.

GASTRONOME. Je me trouvais entre deux des plus célèbres : « Irez-vous mardi chez madame *** ? dit l'un des deux. Je m'informerai, répondit l'autre ; si le mouton est bouilli, j'irai ; mais s'il est rôti, je n'irai pas. »

GASTRONOMIE. Science du gourmand

décrite en vers comme en prose, et très-perfec-
tionnée de nos jours.

GAZETTE. Atelier de dissection littéraire,
où l'on coupe les grands, où l'on agrandit les
petits, où le sot riche a toujours raison, le
pauvre avec du talent, toujours tort. — Macé-
doine d'articles dictés par l'intrigue, l'intérêt
ou la puissance, rarement par l'esprit, et jamais
par la bonne foi.

GÉNÉALOGISTE. Homme tout à fait ac-
commodant, et qui, pour quelques écus, vous
fait descendre de Noé ou d'Énoch.

GÉNÉROSITÉ. Qualité de l'âme, qui exige
l'esprit, la réflexion, ou les sacrifices noble-
ment accordés pour s'élever à la sublimité ;
elle n'est sans cela qu'une vertu de tempérament.

GÉNIE. Ne cherche point, jeune artiste,
ce que c'est que le génie. En as-tu, tu le sens
en toi-même ; n'en as-tu pas, tu ne le connaî-
tras jamais. Le génie soumet l'univers entier
à son art ; il peint tout, fait parler le silence
même ; et les passions qu'il exprime, il les
excite au fond des cœurs ; la volupté par lui
prend de nouveaux charmes ; la douleur qu'il
fait gémir arrache des cris ; il brûle sans cesse

et ne se consume jamais ; il exprime avec chaleur les frimas et les glaces ; même en peignant
les horreurs de la mort , il porte dans l'âme ce
sentiment de vie qui ne l'abandonne pas , et
qu'il communique aux cœurs faits pour le sentir.
Mais , hélas ! il ne sait rien dire à ceux où son
germe n'est pas , et ses prodiges sont peu sensibles à qui ne les peut imiter.

GENRE HUMAIN. Réunion d'êtres, nés
pour la liberté. Ils ont été long-temps garrottés
par quelques tyrans ; mais , au moins en Europe , le temps a usé la chaîne , et l'ignorance
n'est plus là pour la reforger.

GENTILHOMME. Homme qui a des de-
voirs à remplir , des modèles à suivre , et qui
se dispense presque toujours de l'un et de l'autre.

> Tu dis être bon gentilhomme,
> Par la faveur du parchemin ;
> Si le rat le trouve en chemin ,
> Que seras-tu ? Comme un autre homme.

GÉNUFLEXION. Exercice militaire du
moine et du courtisan.

GIBET.

> Battu de la tempête, un vaisseau fit naufrage.
> Sur ses débris un voyageur,
> Long-temps jouet des flots , eut enfin le bonheur
> D'être jeté sur le rivage

D'un pays inculte et sauvage.
N'y cheminant d'abord qu'avec lenteur,
Il craint de rencontrer un peuple anthropophage,
Et chaque pas qu'il fait redouble sa frayeur.
Après avoir marché deux jours à l'aventure,
Il aperçoit enfin un *gibet* tout dressé :
    Oh ! ceci, dit-il, me rassure :
    Oui, me voici, la chose est sûre,
    Dans un pays civilisé.

GIROUETTE. Petit morceau de **plomb** qui tourne à tout vent, et qui représente ordinairement un coq ou un poisson. On n'a pas encore osé lui donner la figure d'un homme, de peur des applications. — Grand ordre dont l'intérêt est le véhicule, et la honte le ruban. —Les girouettes qui sont placées le plus haut sont celles qui tournent le mieux.

GLOIRE. Le mot le plus français et le plus ancien de la langue. On serait tenté de croire que beaucoup de gens ne l'entendent plus, à la difficulté avec laquelle ils le prononcent, et aux différens sens qu'ils lui donnent. *Gloire,* voyez *Fortune, Cours de la bourse, Coalition, Livres sterlings.*

GLORIOLE. Vanité puérile qui se nourrit de la vapeur la plus légère, et la plus prompte à s'exhaler.

GOBE-MOUCHE. Homme qui se mêle de

tout ; pour qui les charlatans sont des héros,
la petite guerre des batailles sanglantes ; qui
écoute et croit de bonne foi tout ce qu'on lui
dit ; qui s'arrête sur les ponts pour voir passer
l'eau, devant Martinet, pour rife de sa propre
caricature ; qui ne manque jamais une parade,
une exécution, un mélodrame ou une séance
législative ; personnage très-inutile qu'on trouve
partout aux Montagnes et à l'Athénée, à l'Institut et aux Sourds-Muets, au mont Calvaire
et au boulevard de Gand ; chez Bobêche et chez
madame Catalani, parfois à la Police et très-
souvent à la Cour.

GOURMAND. Individu qui mange avec
profondeur, choix, réflexion et sensualité ;
qui ne laisse rien dans son assiette ni dans son
verre, et qui n'a jamais affligé son Amphytrion
par un refus, ni son voisin par un acte de so-
briété.

GOUT. De tous les dons naturels, le *goût* est
celui qui se sent le mieux et qui s'explique le
moins. Il ne serait pas ce qu'il est, si l'on pouvait le définir ; car il juge des objets sur lequel
le jugement n'a plus de prise, et il est, si l'on
ose parler ainsi, le microscope de la raison.

GOUVERNEMENT *despotique.* Quand les
sauvages de la Louisiane veulent avoir le fruit,

s coupent l'arbre au pied. Voilà le despo-
sme.

GRACE. Faveur qu'on obtient rarement de
volonté, et presque toujours de l'importu-
ité. — Tout homme qui postule des grâces est
n volant; les ministres, qui jouent à la raquette,
le renvoient de l'un à l'autre jusqu'à ce qu'il
enne à tomber : alors le jeu cesse, et le
lant reste à terre.

GRACES. Fard de la beauté. Elles embel-
ssent la laideur, et font oublier la vieillesse.

GRADATION. Méthode nécessaire pour
révenir l'envie et pour perfectionner l'amour.
— En arrivant par degrés au faîte de la fortune
t au terme de ses désirs, on se prépare une
ossession plus tranquille et une jouissance plus
ouce.

GRADE. Dignité militaire qu'autrefois on
chetait, et que l'on gagne aujourd'hui. —
Morceau de parchemin en vertu duquel le mé-
ecin tue ses malades, le procureur vole ses
lients, le pharmacien empoisonne ses prati-
ues, et le magistrat est toujours censé juger
ans l'intérêt de la loi.

GRAMMAIRIEN. Espèce de pédant dont
a tête est un vaste arsenal de mots et un dé-

5

sert d'idées. — Honnête homme qui passe sa vie entre le substantif et le gérondif.

GRANDEURS. Talisman qui change jusqu'à l'essence des choses. Elles font d'un fripon, un homme habile; d'un fourbe, un politique; d'un tyran, un conquérant; d'un sot, un héros.

GRAND HOMME. Personnage qui s'est élevé à la faveur des circonstances ou de l'intrigue, et dont la réputation, si on remontait à la source, tient souvent au hasard, à la fortune ou à une maîtresse. — Pour constituer vraiment un grand homme, il faut que le brevet, donné par les contemporains, soit confirmé par la postérité.

GRANDIOSE. Mot emprunté de l'italien. On dit un style *grandiose*, une attitude *grandiose*, un projet *grandiose*, et même un traité *grandiose*. Demandez la définition de ce mot, personne n'en sait rien.

GRANDS. Hommes d'une très-petite taille, qui parviennent à s'élever à la faveur d'échasses.

> .... Fantôme
> Que de loin nous voyons géant,
> Et qui de près n'est qu'un atome.

Il faut avec les grands être bouffon ou bourru, leur plaire ou leur en imposer. — Ceux qui leur prodiguent les louanges, les prennent pour des moulins qui ne donnent de la farine qu'autant qu'on leur donne du vent.

GRATIS. Mot si étranger à nos mœurs, qu'on a été le chercher dans une langue morte.

GRASSEYEMENT. Joli parler de la coquette et du petit-maître.

GRAVITÉ. Sérieux qu'affectent ordinairement les petits pour se donner un air d'importance.

Eh ! qui ne connaît point la gravité des sots ?

GREFFE. Dépôt où la justice fait son profit des objets volés.

GRENIER. Palais des artistes. — Asile des rats et sanctuaire du génie.

GRÈVE (Place de). Salle de spectacle du peuple.

GRILLES. Barrières impuissantes contre les stratagèmes de l'amour.

.... Les verroux et les grilles
Sont de faibles garans de la vertu des filles.

GRIMACIER. Grand seigneur qui reçoit des visites.

GRISETTE. Jeune fille qui n'est ni galante ni vertueuse ; qui sait à la fois modérer le travail et le plaisir ; qui le matin va à l'église avec sa mère ; et le soir au bal avec son amant.

GROSSIÈRETÉ. Défaut de politesse , qui provient quelquefois du défaut de culture de l'esprit ; défaut souvent préférable à l'élégance des manières et au ton de la bonne société , qui cache presque toujours un cœur faux et un esprit méchant.

GUERRE. Jeu joué par les rois , dont les peuples font les frais ; les provinces sont les enjeux , et les hommes les jetons. — A la guerre on ne fait jamais tout ce qu'on projette , on n'éprouve jamais tout ce qu'on craint.

GUIDE-ANE. Ce mot est défini dans le dictionnaire de l'Académie. Petit livre qui contient l'ordre des fêtes , et celui des offices relatifs à chaque fête.

GUINGUETTE. Asile de la véritable gaieté, de la franchise et du naturel. — Lieu dont les femmes du monde font fi en public , et qu'elles fréquentent à la faveur d'un heureux incognito.

H.

HABIT. Que des gens peuvent dire : Ah ! mon habit, que je vous remercie ! — L'habit du pauvre a des trous , celui du riche a souvent des taches.

HABITUDE. Seconde nature. Il eût mieux valu s'en tenir à la première.

HABLEUR. Personnage ennuyeux qui dit tout ce qu'il croit, tout ce qu'il veut, tout ce qu'il sait, et, faute de tout cela, tout ce qu'il ignore.

> Cet homme qui parle tant,
> Et cherche en vain l'art de plaire,
> Serait bien plus amusant
> S'il avait l'art de se taire.

HAILLONS. Les vérités, avant de se répandre, restent long-temps concentrées entre un petit nombre d'hommes. Le peuple s'habille avec les haillons des savans.

HARANGUE. Démosthène haranguait les Athéniens, le sénat romain, Tibère, un bailli de village son seigneur ; rien de plus beau, de plus vil, de plus sot qu'une harangue.

HASARD. Dieu des Athées. — Mot précieux à l'ignorance qui donne des noms vagues aux effets dont les causes lui sont inconnues. — Principe de beaucoup d'événemens qui mettent la raison en défaut, et la témérité en crédit.

HASARDER. Résolution quelquefois plus raisonnable que la crainte, et toujours plus respectable que l'inertie.

HÈRE (Pauvre).

.... Pauvre diable
Dont la condition est de mourir de faim.

HÉROS. Homme qui joint à toute la capacité d'un grand capitaine un amour sincère de
la félicité publique.

HEURE. Fraction de la vie. Portion du
temps qui fuit et s'envole avec la rapidité de
l'éclair devant celui qui sait l'employer, et qui
se traîne lentement devant celui qui ne fait
rien pour la remplir.

HEUREUX. Pour l'être, il faut être né
avec beaucoup de biens, beaucoup d'esprit,
beaucoup de santé, et ne se soucier de personne. — Il n'y a que les sots d'heureux dans ce
monde ; ils ne sentent point ce qu'on leur dit ;
ils admirent tout, ou ils n'admirent rien ; ils
n'ont point d'envieux, point d'inquiétude ; ils
se contentent de tous les plaisirs ; ils parviennent aux plus grandes dignités ; ils sont ordinairement les plus riches.

HISTOIRE. Mot dont on a tant abusé,
qu'il est devenu synonyme de *conte*.

HOMMAGE. Dette de convention, dont
on reçoit souvent le payement avec orgueil,
après l'avoir acquitté avec bassesse.

HOMME.

Quel est l'homme en effet? quelle est cette chimère?
Se connaît-il? Chaos de gloire et de misère,
Futur espoir des cieux, rebut de l'univers,
L'homme, sans cesse en proie à ses rêves divers,
De penchans en penchans promène sa pensée,
Des désirs aux dégoûts sans cesse repoussée.
Quand l'homme sait trop peu, sa raison s'amortit;
Lorsqu'il veut trop savoir, sa raison s'abrutit.
Dans un milieu certain jamais il ne s'arrête;
L'orgueil en fait un dieu, la débauche une bête.
Insecte ambitieux, roseau frêle et pensant;
Qui, pour tout embrasser, sans relâche agissant,
Use éternellement les forces de son être
Dans un long désespoir de jamais se connaître.

HONNÊTES GENS. Ceux qui ont précisément les mêmes opinions politiques. — Vous pouvez être mauvais fils, mauvais époux, mauvais père; vous pouvez avoir outragé, calomnié, persécuté vos bienfaiteurs : vous n'en figurez pas moins sur la liste des honnêtes gens chez tel ou tel homme en place ou hors de place, dont vous partagez les répugnances ou les affections politiques.

HONNEUR. Terme singulièrement *élastique*. Il s'étend de la vertu à l'infamie; il signifie tout et ne signifie rien. On sollicite l'*honneur* de mourir pour son pays; on a eu l'*honneur* de tuer en duel son meilleur ami.

On tient à l'*honneur* de compter parmi ses
aïeux un confesseur de Louis xi , une maîtresse
de François 1er. et un favori de Henri iii.
On a l'*honneur* de saluer un faquin , de
faire une observation à un sot , d'écrire à un
malotru , et quand on ne sait plus que dire ,
on a l'*honneur* d'être....

L'honneur est un mot sans pluriel , car il
faut bien se garder de le confondre avec les
honneurs , qui signifient tout autre chose. Tel
a beaucoup d'*honneurs* , qui n'a pas du tout
d'*honneur*.

L'honneur des hommes et celui des femmes
sont deux plantes d'espèces tout à fait diffé-
rentes : l'un croît au soleil , l'autre ne fleurit
qu'à l'ombre.

HONNEUR (Point d'). Préjugé dont il ré-
sulte qu'un fripon n'a qu'à se battre pour cesser
d'être un fripon ; que les discours d'un menteur
deviennent des vérités sitôt qu'ils sont soutenus
à la pointe de l'épée ; qui fait dépendre la vertu , le vice de l'événement d'un combat ; rend
une salle d'armes le siége de toute justice , et
ne reconnaît d'autre droit que la force , et
d'autre raison que le meurtre. —— Point de mire
d'un déjeuner pour l'homme qui fait métier
d'être témoin.

HONTE. Où il n'y a pas de mœurs, la honte est un mot vide de sens.

HOPITAL. Asile ouvert à l'infortune et à la douleur, et qui serait un lieu de salut, si la médecine pouvait y entrer sans un cortége de médecins. Mais souvent

L'ignorance, en courant, fait le tour de la salle.

HUMANITÉ. Passion des âmes généreuses. — Grand mot que les hommes ont toujours dans la bouche, mais dont ils ne connaissent point la valeur.

HUMEUR. Disposition de l'esprit produite par la digestion, par l'ennui ou par la haine. La *mauvaise humeur* d'un ministre ou d'une femme a souvent été la petite cause de grands événemens. Il n'y a peut-être pas de plus grandes calamités pour un royaume que la mauvaise humeur de la maîtresse du roi.

HUMILIATION. Blessure qui subsiste dans la mémoire après le pardon : l'orgueil ne l'oublie jamais.

HUMILIER (S'). Action du solliciteur et du favori.

HUMILITÉ. Autel sur lequel les dieux de toutes les nations veulent qu'on leur offre des sacrifices.

5.

HUMORISTE. Homme qui prend à tâche de faire du mauvais sang, pour avoir le plaisir de se fâcher contre tout le monde.

> Ci-gît qui toujours se fâcha,
> En santé comme en maladie,
> Qui la soixantaine approcha
> Sans avoir souri de sa vie,
> Et qu'on vit terminer son sort
> En se fâchant contre la mort.

HYMNE. Poême de circonstance adressé ordinairement au vainqueur. Il n'y a que les grandes âmes qui composent des hymnes en faveur des vaincus.

HYPERBOLE. Figure oratoire qui donne à la pensée une grandeur factice et souvent ridicule ; familière aux Gascons et aux charlatans.

HYPOCRISIE. Hommage que le vice rend à la vertu. — Vice plus méprisable que le crime.

HYPOCRITE.

> L'hypocrite, en fraudes fertile,
> Dès l'enfance est pétri de fard ;
> Il sait colorer avec art
> Le fiel que sa bouche distille ;
> Et la morsure du serpent
> Est moins aiguë et moins subtile
> Que le venin caché que sa langue répand.

I.

IDÉES LIBÉRALES. Principes qui , s'ils étaient adoptés , rendraient l'homme égal à l'homme devant la loi ; assureraient à chacun le libre développement de son esprit et de son industrie , consolideraient le trône des rois en limitant leur pouvoir , feraient enfin , qu'en renonçant à influencer sur les affaires tempo-relles , le clergé prêcherait et pratiquerait la tolérance ; doctrine combattue d'abord par cer-taines gens qui y perdent leurs priviléges , en-suite par d'autres qui voudraient bien être *libéraux* à leur seul profit ; doctrine qui aura toujours un grand nombre de défenseurs de bonne foi , mais dont s'emparent souvent quelques charlatans politiques , qui , après avoir long-temps défendu et professé le des-potisme , spéculent aujourd'hui sur la liberté.

IGNORANCE. Il y en a trois sortes : **ne rien savoir** ; **savoir mal ce qu'on sait** ; et **sa-voir autre chose que ce qu'on doit savoir.** — Enfance prolongée , qui en a les inconvéniens sans les charmes.

IGNORÉ. Homme placé plus près du bon-heur que l'ambitieux le plus fécond en res-sources , et le plus sûr de ses moyens.

ILLUSIONS. Bonheur de la vie.

IMAGINATION.

L'imagination, rapide passagère,
Effleure les objets dans sa course légère;
Et bientôt, rassemblant tous ses tableaux divers,
Dans les plis du cerveau reproduit l'univers.
. . . .
Source de voluptés, de terreurs et de crimes,
Elle a ses favoris, comme elle a ses victimes :
Et, toujours des objets altérant les couleurs,
Ainsi que nos plaisirs, elle accroît nos douleurs;
Mais pour elle c'est peu. Lorsque le corps sommeille,
Elle aime à retracer les tableaux de la veille.
Je la vois au héros présenter des lauriers,
Au jeune homme un carquois, un char et des coursiers;
Jeter le barde au bord d'une mer blanchissante,
Et quelquefois aussi, terrible et menaçante,
Dans des rêves vengeurs effrayer les tyrans,
Ou présenter l'exil aux favoris des grands.
Que de fois au désir elle a servi de guide!
Que de fois à la Vierge, innocente et timide,
N'a-t-elle pas surpris dans un songe enchanté,
Les soupirs de l'amour et de la volupté!
Déesse au front changeant, mobile enchanteresse
Qui, sans cesse nous flatte et nous trompe sans cesse,
Mère des passions, des arts et des talens,
Qui, peuplant l'univers de fantômes brillans,
Et d'espoir ou d'amour et de crainte suivie,
Ou dore ou rembrunit le tableau de la vie.

IMITATEUR. *Servile pecus.* Qui veut toujours suivre quelqu'un, se condamne à rester derrière.

IMITATION. Action qui, lorsqu'elle est irréfléchie, rapproche l'homme du singe.

IMMORTALITÉ. Prix sans mesure d'un talent sans limites.

> Non, ce n'est point un vain système,
> C'est un instinct profond vainement combattu ;
> Et sans doute l'Être suprême,
> Dans nos cœurs le grava lui-même
> Pour combattre le vice et servir la vertu.

. . . .

> O vous qui, de l'Olympe, usurpant le tonnerre,
> Des éternelles lois renversez les autels,
> Lâches oppresseurs de la terre,
> Tremblez ! vous êtes immortels !

> Et vous, vous, du malheur victimes passagères,
> Sur qui veillent d'un Dieu les regards paternels ;
> Voyageurs d'un moment aux terres étrangères,
> Consolez-vous, vous êtes immortels.

IMPARFAIT. Nos mœurs, nos lois, nos habitudes, nos idées, nos sentimens, tout cela est imparfait comme nous. — L'homme voit dans l'éloignement la région chimérique de la perfection : il en parle, mais un pouvoir invincible l'empêche d'y parvenir.

IMPARTIALITÉ. Qualité nécessaire à un bon juge, un bon historien, et qu'un journaliste ne conserve guère.

IMPÉNITENCE. Il y a des gens qui veulent mourir dans l'impénitence finale. Voyez *Ultrà*.

IMPERTINENCE. Orgueil des laquais. — Genre d'insolence que quelques gens prennent pour une grâce.

IMPLORER. Action que le motif peut ennoblir. Elle exige beaucoup d'art ou beaucoup de naturel; elle est presque toujours funeste, si le succès ne la couronne pas, parce que le mépris est le partage ordinaire des infortunés qui n'ont pas su faire naître la pitié.

IMPORTANCE. Grandeur des sots. Fatuité qu'on punit plus raisonnablement par le mépris que par la haine, parce qu'elle tient plus du ridicule que du vice.

IMPORTUN. Homme pour qui l'ennui qu'il cause est un moyen de succès.

IMPORTUNITÉ. A un mendiant importun l'on donne toujours, dit le proverbe espagnol. — Moyen de réussir près des femmes, sans avoir ni amabilité ni jeunesse. — « Mettez-moi donc » à même de vous obliger, disait un grand sei- » gneur à un homme de mérite. — Monsei- » gneur, j'ai déjà pris la liberté de solliciter » Votre Altesse, sans avoir eu le bonheur » d'obtenir. — C'est que vous ne m'avez pas » importuné. »

IMPOSSIBILITÉ. Prétexte de l'impuissance.

IMPOSITIONS. Argent que dans un pays libre la nation prête à intérêt au gouvernement qui lui rend compte de son emploi. — Fardeau dont sous le despotisme on surcharge des esclaves au profit de quelques privilégiés.

IMPOSTURE. Ce vice a des degrés. Le premier est la fausseté, le dernier est l'impudence. En y ajoutant l'habitude et quelques circonstances, on aura peint un scélérat du premier ordre.

IMPRIMERIE. Porte-voix nécessaire aux petits pour se faire entendre aux grands. — Éclairage par le gaz hydrogène qui rend la lumière plus brillante et moins chère.

IMPROMPTU. Sur un de bon, cent de mauvais.

> .... Petit volontaire,
> Enfant de la table et du vin,
> Vif, entreprenant, téméraire,
> Étourdi, négligé, badin,
> Jamais rêveur, peu solitaire,
> Quelquefois délicat et fin,
> Mais tenant toujours de son père.

IMPUNITÉ. Silence ou interprétation des lois en faveur des coupables riches ou puissans.

Suivant que vous serez puissant ou misérable
Les jugemens de cour vous rendront blanc ou noir.

— Encouragement donné à des vices ou à des crimes que les lois ne savent pas encore atteindre.

INCLINATION. Goût naissant qui ne peut encore ni alarmer la vertu, ni entraîner la faiblesse; mais qui déjà fait soupçonner son empire, si l'on craint d'écouter la raison lorsqu'il commence à se faire entendre.

INCONSTANCE. Par l'agitation qu'elle donne, elle est le supplément du bonheur; ce n'est pas des choses dont on jouit, mais de leur recherche.

INCONSTANCE POLITIQUE. Moyen de succès beaucoup plus sûr que la fermeté, et qui donne les places et le déshonneur.

INCONSTANT.

Il veut, il ne veut pas, il accorde, il refuse;
Il écoute la haine, il consulte l'amour;
Il assure, il rétracte, il condamne, il excuse:
Le même objet lui plait et déplait tour à tour.

INCONSTITUTIONNEL. Voyageur qui, malgré les avis de ses compagnons, s'écarte des routes tracées pour suivre des feux follets qui le conduisent dans un abîme. Voyez *Ultrà*.

INCRÉDULE. Homme qui suppose que

Dieu pourrait bien n'avoir pas dit tout ce qu'on lui fait dire.

INDÉCENCE. Révolte contre les mœurs. Si elle est momentanée, elle ne mérite que le mépris ; si elle est continuelle, les lois sont intéressées à la punir.

INDÉCIS. Homme qui passe sa vie à hésiter sur ce qu'il fera et à se repentir de ce qu'il a fait.

INDÉPENDANCE. État de l'homme qui ne dépend que des lois, qui n'est ni esclave de la faveur, ni martyr de la pauvreté.

INDÉPENDANT. Homme qui demande l'observation des lois, et qu'on traite souvent de rebelle. Ceux qui se disent les plus *indépendans* sont quelquefois les plus *esclaves* ; et en fait de spéculation, ce rôle est aussi productif qu'un autre.

INDICE. Signe apparent sur lequel la justice fonde trop souvent ses condamnations.

INDIFFÉRENCE. Qualité assez équivoque; souvent elle n'est pas moins un effet de la stupidité que de la force de l'esprit.

INDIFFÉRENT. Espèce de monstre, puisqu'il n'a pas la ressource de la volonté et de l'erreur pour motiver l'état le plus méprisable de la vie, quoiqu'il ne soit pas le plus odieux et le plus contraire à l'ordre. — Homme qui allume froidement sa pipe au feu qui a consumé la maison de son voisin.

INDIGESTION. Seconde nature des financiers et des premiers commis. — Mort au champ d'honneur pour le gastronome.

INDIGNATION. Sentiment de mépris, qui acquiert de la noblesse lorsqu'il est marqué par la colère, et qui devient sublime lorsqu'il expose à des dangers qu'on dédaigne de prévenir.

INDIRECTEMENT. Mot qui ne devrait jamais se trouver dans les lois. Voltaire parle d'un brame qui s'accusait d'avoir causé la mort de Henri IV. En commençant sa promenade du pied droit, au lieu de la commencer du pied gauche, il avait fait tomber dans le Gange un de ses amis, dont la veuve, venue en France, avait été la mère de Ravaillac. Qu'aurait pu répondre ce pauvre brame, si on l'avait traduit parmi nous devant une cour prévôtale?

INDISCRET. Cadran d'une horloge qui marque au dehors ce qu'elle marque en dedans. — Homme qui a généralement plus de faiblesse

le de méchanceté, et qui n'en est que plus
angereux, parce que le méchant n'ose pas tou-
urs se permettre ce dont l'indiscret ne sait
s se défendre. — Lettre décachetée que tout
monde peut lire.

INDISCRÉTION. Défaut de jugement.

Les jeunes gens disent ce qu'ils font, les
eillards ce qu'ils ont fait; les sots ce qu'ils
t envie de faire, et les femmes tout ce qui
ur passe par la tête.

INDOCILITÉ. Défaut de l'esprit qui dépose
ntre le caractère.

INDOLENCE. Défaut du caractère qui dé-
se contre l'esprit.

INDOLENT. Individu dont le plus grand
s soins est de n'en avoir aucun.

> Il donne à l'oubli le passé,
> Le présent à l'indifférence;
> Et, pour vivre débarrassé,
> L'avenir à la Providence.

INDULGENCE. Vertu nécessaire surtout
la fin des révolutions, où chacun peut dire
x autres : Que celui qui n'a point péché, jette
première pierre. — Chose que tout écrivain
emande à ses lecteurs.

INDULGENCES. Grâces spirituelles que le pape ou l'évêque accorde aux fidèles, et dont l'effet est de remettre les péchés passés, présens et à venir.

Elles se vendirent cinquante écus sous Léon x, et deux sous la pièce sous Urbain viii.

INDUSTRIE. Talent suspect à la probité, dont l'honneur seul peut fixer les règles. Fille du besoin.

> Avec l'esprit et l'industrie,
> La moitié de l'année on vit ;
> Et l'on passe l'autre partie
> Avec l'industrie et l'esprit.

INÉGALITÉ. Il y en a de trois sortes :
Inégalité d'âge et de sexe ;
Inégalité d'esprit et de tempérament ;
Inégalité de rang et de condition.
La première est l'ouvrage de la nature.
La seconde est due, partie à la nature, partie à l'art.
La troisième est un établissement purement humain.

INERTIE. Incapacité d'agir, qui n'empêche pas de mal penser.

INEXPÉRIENCE. État où l'âme jouit

mieux d'elle-même, en se livrant plus librement à ses mouvemens.

INFAILLIBILITÉ. Qualité des papes, qui fait qu'ils ne peuvent jamais se tromper, quand même ils diraient le lendemain le contraire de ce qu'ils ont dit la veille.

INFÉRIORITÉ. État où l'on est communément placé entre l'insolence et la bassesse.

INFIDÉLITÉ. Trahison fort usitée dans le mariage. — La politique ordonne souvent de la tolérer.

INGÉNUITÉ. Caractère d'esprit, qui expose à toutes les conséquences de l'indiscrétion. Suite de la sottise, quand elle n'est pas l'effet de l'inexpérience.

INGÉRER (S'). C'est faire le métier d'importun avec audace, ou de fripon avec esprit.

INGRATS. Il faut faire aux hommes tout le bien dont on est capable, et en attendre tout le contraire. Devise d'un philosophe religieux. — Voltaire a dit : Quand tu manges, donne à manger aux chiens, dussent-ils te mordre.

INGRATITUDE. Vice des contemporains à l'égard des grands hommes.

Quoi ! tour à tour dieux et victimes,
Le sort fait marcher les talens
Entre l'Olympe et les abîmes.
Entre la satire et l'encens !
Malheur au mortel qu'on renomme,
Vivant, nous blessons le grand homme,
Mort, nous tombons à ses genoux.
On n'aime que la gloire absente
La mémoire est reconnaissante ;
Les yeux sont ingrats et jaloux.

INNOCENCE. Fleur qui s'épanouit, et dont
le charme est indéfinissable. Rien ne fait apprécier l'innocence comme le remords.

INQUISITION. Cour prévôtale du fanatisme. — Poignard porté à la gorge des gens de
lettres. — Bête féroce qui a ravagé l'Espagne
et le Portugal, dont Venise avait coupé les
griffes, et que la France a constamment repoussée.

INSCRIPTION. Éloge pompeux d'un petit
mérite que l'orgueil prodigue à la richesse.
Ci-gît qui ne fut rien...... Quoique l'orgueil en dise,
Humains, faibles humains, voilà votre devise :
Combien de rois, grand Dieu, jadis si révérés,
Dans l'éternel oubli sont en foule enterrés !
La terre a vu passer leur empire et leur trône.
On ne sait en quels lieux florissait Babylone ;
Le tombeau d'Alexandre, aujourd'hui renversé,
Avec sa ville altière a péri dispersé ;
César n'a point d'asile où son ombre repose,
Et l'ami P..... croit être quelque chose.

INSENSIBILITÉ. Clavecin sans touche,
ont on chercherait vainement à tirer des sons.
—Vice d'autant plus méprisé, qu'étant l'opposé
les passions, il ne peut en avoir aucune pour
xcuse.

INSINUANT. Homme qui triomphe sans
combattre, et qui persuade sans parler.

INSOUCIANT. Cœur froid qui n'a point de
éritables amis, se soucie fort peu d'en avoir, et
vit dans le monde comme s'il était seul.

INSPECTEUR. Homme chargé de sur-
veiller. — Fonctionnaire qui fait l'espionnage
en grand et en petit. — Fléau des chiens dans
les jardins publics, des quartiers-maîtres dans
les régimens, et des employés dans les admi-
nistrations.

INSTABILITÉ. Elle est souvent moins dans
le caractère des choses que dans l'inconstance
des esprits ; et à cet égard, comme à beaucoup d'autres, l'homme s'accuse lorsqu'il se
plaint.

INSTITUT. Foyer de lumières. — Réunion
des hommes qui honorent le plus la France.
On se plaint seulement, qu'en devenant im-
mortels, nos savans prennent trop souvent un
brevet de stérilité.

On dit que, pour siéger ici,
Monsieur le récipiendaire,
Vous n'avez rien fait, dieu merci,
Et nul n'a la preuve contraire ;
Cela s'appelle parvenir,
Mais dans cette brillante sphère
Songez qu'il faut vous soutenir ;
Continuez à ne rien faire.

INSTRUCTION. Premier besoin des hommes en société, première dette de la société envers ses membres, premier objet des soins d'un gouvernement ami des hommes.

INSURRECTION. Mot qui ne prend son véritable sens que suivant les circonstances. — Un célèbre constituant auquel on reprochait d'avoir inséré dans la déclaration des *Droits de l'homme* ces mots, l'insurrection est le plus saint des devoirs, répondit : Rien n'est plus simple, si les insurgés sont vaincus, ce sera des rebelles, et on les pendra ; s'ils sont vainqueurs, ils n'auront fait que se conformer au plus saint des devoirs.

INTÉGRITÉ DE TERRITOIRE. Première base de tout traité politique qu'un roi doit toujours maintenir, parce que son royaume est un dépôt et non une propriété. — Un Turc disait à un Vénitien après la bataille de Lépante : Vous nous avez pris des vaisseaux, mais

ous vous avons enlevé l'île de Chypre. Les
isseaux sont comme la barbe de S. H. qui
pousse quand on l'a coupée ; mais les pro-
nces sont comme les dents, qui ne reviennent
us lorsqu'elles sont arrachées.

INTENDANT.

.... Animal
Qui, comme on dit, pêche en eau trouble,
Et plus le bien de son maître va mal,
Plus le sien croit, plus son profit redouble,
Tant qu'aisément lui-même achèterait
Ce qui de net au seigneur resterait ;
Dont, par raison bien et dûment déduite,
On pourrait voir chaque chose réduite
En son état, s'il arrivait qu'un jour
L'autre devînt l'intendant à son tour ;
Car, regagnant ce qu'il eut étant maître,
Ils reprendraient tous deux leur premier être.

INTÉRÊT. Occupation à regagner ce qu'on
erdu, ou à acquérir ce qu'on n'a pas. ——
mon infatigable qui agite tous les esprits,
ige toutes les actions, et nous fait tourner,
ur ainsi dire, sous le fouet vengeur des
ies. —— Puissant mobile qui détermine les
is quarts des hommes, soit au bien, soit au
l ; varié et néanmoins toujours le même
s sa marche et dans ses effets, il gouverne
t, il mène à tout, il arrange tout et brouille
t.

6

INTERROGATOIRE. Suite de questions captieuses par lesquelles un juge tâche de faire avouer à un accusé qu'il est coupable.

INTOLÉRANCE. Sentiment de celui qui blâme tous ses semblables, parce qu'ils adorent Dieu d'une autre manière que lui. — Cause de la destruction des hommes et des empires.

INTRÉPIDITÉ. Sublime de la bravoure. — Sang-froid imperturbable au milieu des plus grands dangers.

INTRIGANT. Homme qui est obligé de parler beaucoup, de mentir souvent, de prévoir toujours, d'entretenir l'illusion, et de s'avilir vingt fois par jour avec une connaissance profonde de son iniquité.

INTRIGUE. Talent de ceux qui n'en ont pas d'autres, commun surtout aux coquettes, aux spéculateurs et aux ministres.

INTRODUIRE (S'). On s'introduit dans la confiance d'une personne, à peu près comme on se glisse lentement et par degrés dans tous les appartemens d'une maison, avant que d'arriver au cabinet du maître. Les petits progrès sont comme les petits pas : ils alongent la route, mais ils assurent la marche.

INUTILE. Homme qui mange les fruits de l'arbre sans contribuer à sa culture.

INVALIDE. Homme qui touche la rente de son sang.

INVASION. Irruption d'hommes qui vous pillent pour votre plus grand bonheur.

INVENTION. Elle ne consiste point à donner l'être à un objet, mais à reconnaître où il est et comme il est. — Entre les inventions, il y en a peu d'utiles; et entre les utiles, peu de suivies.

ISOLÉ (Homme). Il sera toujours l'original de l'homme vivant en société, et la copie n'aura jamais le degré d'intérêt et de vigueur du modèle.

J.

JALOUX. Homme qui cherche la lumière, et gémit lorsqu'il l'a trouvée.

JAUNISSE. Maladie très-commune, qui fait qu'on voit tout de la couleur de ses yeux.

JEU. Passion effrénée, et dont les résultats conduisent à tous les crimes, au meurtre et à la mort. — Renversement de toutes les bienséances : le prince y oublie sa dignité, et la femme sa pudeur. — Éteignoir de la conversation et même de l'esprit. Il ne faut que du silence, du flegme et du mécanisme pour bien jouer. — Il n'y a que le jeu où les femmes ne parlent pas.

JEU (Maison de).

Il est deux portes à cet antre :
L'une s'ouvre à l'espoir, l'autre au crime, à la mort ;
C'est par la première qu'on entre,
Et par la seconde qu'on sort.

JEU DE MOTS. Conversation ordinaire de ceux qui ont dans la tête plus de mots que d'idées. Haut comique du théâtre des Variétés.

JEUNE. A l'approche de la semaine-sainte, une grande dame disait à son amie : Il faut pourtant nous mortifier un peu. Eh bien ! dit l'autre, faisons jeûner nos gens.

JEUNESSE. Age d'un homme jusqu'à vingt ans, et d'une femme jusqu'à cinquante. Les dames comptent souvent à la manière des joueurs de piquet : elles sautent, d'un seul pas, de 29 à 6o.

JOCRISSE. Espèce de benêt qui se croit de l'esprit. Personnage très-commun en politique.

JOLI. Ce qui est moins régulier et peut-être plus agréable que le beau. Voyez *Je ne sais quoi.*

JONGLEUR. Espèce de charlatan qui, par ses tours de gibecière, amuse la populace. Les plus grands jongleurs ne sont pas sur la place.

JOUER.

Les plaisirs sont amers d'abord qu'on en abuse :
    Il est bon de jouer un peu ;
Mais il faut seulement que le jeu nous amuse.
    Un joueur, d'un commun aveu,
    N'a rien d'humain que l'apparence,
Et d'ailleurs il n'est pas si facile qu'on pense
D'être fort honnête homme et de jouer gros jeu.
Le désir de gagner, qui nuit et jour occupe,
    Est un dangereux aiguillon.
Souvent, quoique l'esprit, quoique le cœur soit bon,
    On commence par être dupe,
    On finit par être fripon.

JOUR.

Il faut attendre au soir, pour dire : Le beau jour !

JOUR DE L'AN. Jour de visites et d'étrennes ; moisson des gens à gage, et ruine des autres. — Promesses de places d'avancement, de gratifications, etc., etc. — Procession de gens qui se consolent de la dépense de leur fiacre et de leur uniforme par un sourire dont ils attrapent la millième partie.

JOURNALISTE. Voici, dit le Pauvre Diable, les études que je fis pour devenir digne de cet état.

> On m'enseigna comment on dépeçait
> Un livre entier; comme on le recousait,
> Comme on jugeait de tout par la préface ;
> Comme on louait un sot auteur en place ;
> Comme on fondait avec lourde roideur
> Sur l'écrivain pauvre et sans protecteur ;
> Je m'enrôlai, je servis le corsaire ;
> Je critiquai, sans esprit et sans choix,
> Impunément le théâtre et la chaire,
> Et je mentis pour dix écus par mois.

JOURNAUX. Archives de mensonge, selon les uns ; selon les autres, petits ruisseaux de lumière qui serpentent continuellement parmi le peuple.

JUGEMENS (injustes). Il n'y a rien de plus scandaleux qu'un jugement et qu'une condamnation, lorsque la majorité des citoyens est prête à décerner une couronne à la victime.

JUGE. Homme payé pour dormir.

JURISCONSULTE. Homme qui fait des lois ce que les cordonniers font du cuir qu'ils alongent, plient et battent jusqu'à ce qu'ils l'aient mis au point qu'il leur plait.

L.

LABOUREUR. Le gouvernement qui l'opprime, ou l'insolent qui le méprise, ressemblent à l'enfant qui bat sa nourrice.

LABYRINTHE. Il en est où l'on se trouve quelquefois engagé par la raison, et dont il est difficile de sortir sans danger. Voyez *Palais de Justice.*

LAIDEUR. Qualité qu'on pourrait dire officieuse, car elle cherche assez souvent à se racheter par les attentions, et sert à faire valoir l'esprit.

LANGUE. Témoin le plus faux du cœur. — Instrument léger, dont l'usage journalier produit très-peu de bien et beaucoup de mal. — Il y a deux langues dans ce monde : celle de la franchise, que tout le monde entend ; celle de la dissimulation, que chacun cherche à deviner, et sur laquelle chacun se trompe, après y avoir été pris vingt fois.

LAQUAIS. Les derniers des hommes après leurs maîtres. — Lorsque Dieu faisait les anges, le diable faisait les pages et les laquais.

LARMES. Eau trop souvent mal employée,

car elle ne remédie à rien. — Ressource que les femmes ont à commandement pour cacher une infidélité ou obtenir un cachemire. — Arme qu'après les attaques de nerfs elles emploient souvent et avec le plus de succès.

LAURIER. Arbre le plus précieux de tous après l'olivier. — Les anciens prétendaient qu'il garantissait de la foudre : il l'attire aujourd'hui.

LECTURE. Celle de la plupart des hommes ressemble à une garde-robe : de vieux habits qui ne reverront jamais le jour, et souvent

Tel est devenu fat à force de lecture,
Qui n'eût été qu'un sot en suivant la nature.

Les lectures de société éveillent le génie, mais déflorent un ouvrage. — Les ouvrages, disait l'abbé Delille, ne ressemblent pas aux olives, les meilleurs ne sont pas les plus *pochelés.*

LÉGENDE DORÉE. Espèce de vie des saints, composée par un Dominicain, *plumbei ingenii, ferrei pectoris, judicii nullius aut hebetis.* — Recueil de contes ridicules, qui amusent les enfans et édifient les vieilles femmes.

LÉGÈRETÉ. Caractère qui amuse la société en nuisant aux particuliers, et qui par-là approche du vice et excède le ridicule.

LÉGITIME. Tout qui a les qualités requises ou par la loi, ou par le temps, ou par la volonté commune.

LÉGITIMITÉ. Caractère des dynasties établies par la volonté nationale. — Droit de succession qui met les peuples à l'abri des révolutions.

LÉGION D'HONNEUR. Récompense nationale, quelquefois le salaire de l'intrigue et de la bassesse. — Hameçon politique à l'aide duquel on a pris bien des poissons.

LENTEUR. Talent, et plus souvent défaut de certains militaires étrangers très - connus.

LETTRE (de l'alphabet). Signature anonyme. Voyez A, B, C, X, Y.

LETTRE AMOUREUSE.

.... Ce commerce enchanteur,
Aimable épanchemeut de l'esprit et du cœur ;
Cet art de converser sans se voir, sans s'entendre,
Ce muet entretien, si sensible et si tendre ;
L'art d'écrire, Abailard, fut sans doute inventé
Par l'amante captive et l'amant agité.

LETTRES ANONYMES. Coup de stylet

6.

d'un assassin. — On les lit avec dégoût ; mais on les lit, et elles finissent quelquefois par influer sur celui qui les méprise le plus. — La calomnie, docteur, la calomnie, il en reste toujours quelque chose.

LIBELLE. Écrit qui déshonore nécessairement deux personnes, quoique l'une soit presque toujours innocente. Arme que le pouvoir devrait toujours mépriser, mais qu'il ne craint point d'employer souvent.

> Que dans l'Europe entière on me montre un libelle
> Qui ne soit pas couvert d'une honte éternelle,
> Ou qu'un oubli profond ne retienne englouti
> Dans le fond du bourbier dont il était sorti.

LIBELLISTE. Homme qui change son honneur contre un morceau de pain.

> Il dîne du mensonge, et soupe du scandale.

> .... Tout libelliste avide,
> Armé de l'imposture, est un lâche homicide.
> Le plus vil a le prix dans un métier si bas ;
> Mentir est le talent de ceux qui n'en ont pas,
> Nuire est la liberté qui convient aux esclaves ;
> Pour donner aux Français de nouvelles entraves,
> De libelles fameux les auteurs inconnus
> Ont sur ce noble droit fondé leurs revenus.

LIBERTÉ. Pouvoir de faire tout ce que la loi permet. — Le plus bel apanage de l'homme, pour lequel il combat sans cesse , mais qu'on ne sait s'il l'atteindra jamais.

LIBRAIRE. Homme qui vit de l'esprit des autres, qui spécule sur la curiosité et plus souvent sur la sottise du public. — On peut dire d'un libraire peu instruit , qu'il vit au milieu de ses livres comme un eunuque au milieu du sérail.

LICENCE. Nom que les agens du pouvoir absolu prodiguent à la liberté.

LIERRE. Image des courtisans qui s'élèvent avec les hommes qu'ils embrassent, et qui finissent par les étouffer.

LIQUIDATION. Moyen honnête employé par un gouvernement pour ajourner le payement de sa dette. On proposait à un liquidateur célèbre de mettre pour inscription sur son hôtel : *Liquidum non rumpit jejunium.*

LITTÉRATEUR. Grand nom que prennent certaines gens pour cacher leur inutilité. — On donne également le nom de *Littérateur* aux barbouilleurs de feuilles à cinq centimes la ligne , aux Corneille et aux Voltaire.

LITTÉRATURE. Territoire immense dont

le génie est propriétaire, mais qui est sans cesse exposé aux insultes de la contrebande.

LIVRE.

Un livre est-il mauvais, rien ne peut l'excuser;
Est-il bon, tous les rois ne peuvent l'écraser:
On le supprime à Rome et dans Londre on l'admire;
Le pape le proscrit, l'Europe le veut lire.

On pourrait comparer les titres pompeux de certains livres à ces édifices dont la façade n'éblouit d'abord les yeux que pour nous conduire à des ruines. — Jamais un livre n'a introduit la peste dans un royaume; et plus d'un état a été ruiné par ses abus, que la publication de ce livre aurait peut-être empêchés.

LIVRÉE. Uniforme des valets. — Costume de cour.

LOI. Toile d'araignée qui arrête les mouches, et laisse passer les moucherons.

Obscur, on l'eût flétri d'une mort légitime;
Il est puissant, les lois ont ignoré son crime.

LOIS ARBITRAIRES. Arme à feu qui crève souvent dans la main de celui qui la tire.

LOI D'EXCEPTION. Voyez *Loi arbitraire.*

LOIS RÉPRESSIVES (de la presse). Con-

tremur élevé devant l'autel de l'intelligence humaine.

LOIS RELIGIEUSES. Fleuve utile et sacré quand il coule entre les digues de l'État ; torrent affreux quand il les surmonte.

LOISIR. Bien le plus précieux de la vie, non pas parce que l'on ne fait rien, mais parce qu'on a la faculté et les moyens de faire ce que l'on veut. — Le loisir des gens sages ressemble autant au travail, que l'oisiveté des sots à la paresse.

LOUANGE. Flatterie habile, cachée et délicate qui satisfait et celui qui la donne et celui qui la reçoit : l'un la prend pour une récompense de son mérite ; l'autre la donne pour faire remarquer son esprit et son discernement. — Elle est si intéressée, que même en la payant fort cher on fait presque toujours un mécontent.

LUMIÈRE. Chose qui blesse les yeux des hiboux.

LUMIÈRES. Parmi nous les progrès de l'esprit nuisent trop aux élans du cœur. Nous avons beaucoup de lumières, mais il nous manque des foyers.

LUXE. Soutien de l'industrie et corrupteur

de la morale. — Il faut en user sobrement, comme du vin, si l'on ne veut pas qu'il affaiblisse celui-là même auquel il avait d'abord donné des forces.

LUXE ET INDIGENCE. Alliance bizarre, mais fréquente. — Les Italiens disent de celui qui a un équipage et n'a pas de quoi dîner : *Tira la carozza coi denti.* Il traîne son carrosse avec les dents.

LUXURE. Le plus doux des péchés mortels ;

Mais la luxure est douce, et sa suite est cruelle.

M.

MACÉRATIONS. Moyens de se rendre maigre pour plaire à Dieu.

MACHIAVEL. Ses ouvrages sont le bréviaire des tyrans qui veulent opprimer les peuples, et des peuples qui veulent résister aux tyrans.

MAGISTRAT. Loi parlante, dont les oracles ne sont point infaillibles.

MAGNÉTISME. Remède propre à tous les maux, et dont l'usage n'éprouve qu'une petite difficulté, celle de savoir si véritablement il existe.

MAIN. Siége de la toute-puissance de l'homme. C'est avec la main qu'il est devenu le maître de presque toute la nature.

MAIS. Particule adversative, qui soulage beaucoup l'amour-propre de ceux qui sont forcés de faire l'éloge de quelqu'un.

MAISON DE CORRECTION. Maison dont les gouvernans doivent faire que l'homme sorte moins vicieux qu'il n'y est entré.

MAITRE. Homme à qui il est difficile de se faire aimer. — Rôle dont l'homme est le plus jaloux.

MAITRESSE. Chose charmante quand on la possède gratis. — Meuble dont la propriété n'est jamais bien assurée quand on la paye. — Maison garnie, louée à tant par mois, qu'on peut quitter sans donner congé.

MALHEUREUX. Homme dont la maladie est si contagieuse, que tout le monde le fuit.

MALIGNITÉ. Souvent plus redoutable que la méchanceté, parce que le mal qu'elle cause n'est plaint de personne, et ne peut être que rarement guéri par la vengeance.

MANIFESTE. Ecrit public, par lequel un prince rend raison de la conduite qu'il ne suivra pas, et de l'affaire d'importance qu'il ne fera pas ; aussi le marquis de Torcy disait : « On » est si prévenu contre la vérité des manifestes, » que le moyen de tromper les cours, c'est d'y » parler toujours vrai. »

MANIGANCE. Diminutif d'intrigue. Pain quotidien des cours.

MANGER. Besoin impérieux qui, s'il n'est pas satisfait dans la classe pauvre de la société, provoque les murmures et les révoltes.—Il y a bien des gens qui mangent pour vivre, il y en a quelques autres qui vivent pour manger ; le grand point pour ceux-ci est de manger chaud, beaucoup et long-temps.

MANSARDE. Petit logement sous les toits, presque toujours occupé par l'indigence, le mérite et la vertu.

MANUFACTURE. Art de donner de nouvelles formes aux productions naturelles, très-souvent pour en faire des colifichets.

MANUSCRIT. Denrée fabriquée à peu de frais, qu'un libraire vend très-cher au public.

MARCHAND. Homme qui cherche à trom-

, en parlant toujours de bonne foi. —Néces-
re à l'état comme la circulation du sang l'est
corps humain.

MARCHÉ. Salon ministériel où les hommes
chètent à juste prix.

MARIAGE. On épouse une femme, on
avec une autre, et l'on n'aime que soi.

MARIONNETTES. Réunion d'arlequins
de polichinelles qui dansent, se battent ou
ent des sottises. Voyez *Assemblées législa-
es et électorales*.

MARQUIS. Gardien d'une limite dans le
gon gothique ; les marquis usurpèrent bien-
la propriété du territoire qu'ils étaient
argés de défendre. — Il n'y a plus, depuis
ng - temps, que des marquis à brevet. —
fils d'un valet de chambre était quelque-
s breveté marquis ; exemple remarquable de
te vérité universelle : l'histoire ne connaît
e de modestes, et plus souvent que d'humbles
igines.

MASCARADE. Réunion de la haute so-
té. On y dit ce qu'on ne pense pas ; on y fait
qu'on ne doit pas, et on cherche à y paraître
qu'on n'est pas.

MASQUE. Femme qui met du fard. —

Ministre qui rend compte de son administration
— Auteur qui parle de son désintéressemen
et de sa véracité. — Journaliste qui se dit im
partial. — Conquérant qui parle de ses vue
pacifiques. — Ultraroyaliste qui parle de libert
constitutionnelle.

MÉCHANT. Mouche qui parcourt le corp
d'un homme malade, et qui ne s'arrête que su
les plaies.

MÉDAILLES. Sceaux de l'histoire, don
souvent on peut soupçonner la véracité.

MÉDECIN. Charlatan que l'on paye pou
conter des fariboles dans la chambre d'un ma
lade, jusqu'à ce que la nature l'ait guéri, o
que les remèdes l'aient tué.

MÉDECINE. Art de conjecturer et de fai
passer ses conjectures pour des certitudes.

MÉDIOCRITÉ. Médiocrité de la fortune
point où il faut s'arrêter pour être heureu.
— *Aurea mediocritas*, médiocrité qui vaut
l'or. — Médiocrité de talens, moyen sûr
parvenir. — *Aurea mediocritas*, médiocri
couverte d'or.

MÉDISANCE. Comédie des dévots. — E
tretien favori de ceux qui aperçoivent la pai

ıns l'œil de leurs voisins , sans voir la poutre
ıi est dans le leur.

MÉLANCOLIE. Caractère des âmes sen-
bles qui désirent avec trop peu d'espoir, ré-
chissent avec trop de délicatesse , et voient
ec trop peu d'illusion :

A ses chagrins qu'elle aime , elle est toujours fidèle ,
Ne se plait que dans l'ombre et dans les lieux déserts ;
Elle verse des pleurs qui ne sont point amers ,
Tout entière à l'objet dont elle est possédée ,
Ne redit qu'un seul nom , n'entretient qu'une idée ,
Et chérit son secret , qui s'échappe à moitié.
Son regard triste et doux inspire la pitié ;
Elle étouffe sa plainte et soupire en silence ;
Elle n'ose qu'à peine embrasser l'espérance ;
Et tremble en adressant un timide désir
Vers un bonheur lointain qui toujours semble fuir.

MÉLANGES (de littérature). Capharnaüm
téraire , où l'on trouve alternativement des
rs , de la prose , des lettres , des anecdotes ,
s mots plus ou moins connus et rajeunis ;
fin , généralement , plus de mauvaises choses
ıe de bonnes. (Voyez *Dictionnaire des Gens
ı monde.*)

MÉLODRAME. Tragédie des faubourgs.
– Paroles mises sur des décorations. — Tri-
ınal où l'innocence est toujours vengée , le

crime puni, et qui, par conséquent, n'offre aucune image de la société.

MÉMOIRE. Faculté très-imparfaite chez les débiteurs, chez les gens en place, et généralement chez tous ceux qui ont reçu des bienfaits.

MÉMOIRE JUSTIFICATIF. Souvent mémoire d'apothicaire; tout y est porté à un prix élevé. — Bilan frauduleux de plus d'un banqueroutier politique et moral, qui présente de fausses valeurs pour payer ses dettes.

MÉMOIRES. Billets à ordres des grands, souvent protestés, pour lesquels il est fort difficile d'obtenir un jugement. — Source des attaques de nerfs des coquettes. On est toujours visible pour la marchande de modes, excepté le jour du mémoire.

MENACE. Action qui prouve presque toujours la poltronnerie. L'honneur ne menace point; il agit.

MÉNAGE. Ce qu'il y a de meilleur au monde, quand il est bon : autrement c'est un purgatoire terrestre. Une femme qui gronde, ou qui se meurt chaque jour sans mourir; des enfans qui crient ou qui se battent; des domestiques

i volent ou qui s'enivrent ; des humeurs qui
combattent ou qui boudent ; l'argent qui
nd ou qui ne vient point : voilà sur quoi
ule la vie d'un ménage.

MENDIANT. Le plus vil de tous n'est pas
lui qui demande son pain, mais l'homme
ai, n'ayant besoin de rien, rampe dans les
atichambres pour obtenir une place, un ruban,
a même un regard d'un ministre, d'un inten-
ant, ou d'un premier commis. — Mirabeau
isait que la société est divisée en trois classes,
es mendians, les voleurs et les salariés. Ces
erniers participent souvent des deux autres.

MENDICITÉ. Lèpre des Etats.

MENDICITÉ (Dépôt de). Lazareths.

MENOTTES. Censure politique des ou-
rages.

MENTEUR. Homme qui, de propos dé-
ibéré, et souvent sans aucun intérêt, a pris
e parti de parler ou d'écrire contre sa con-
cience.

> Les larmes d'une courtisane,
> Les caresses d'un favori,
> Les chagrins d'une veuve en deuil de son mari,
> D'un Normand adroit qui chicane
> Les détours et les faussetés,
> Sont, près de ses discours, autant de vérités.

MENUS-PLAISIRS. Administration d'où sortent les invitations de bal et d'enterrement, les robes de noces et les linceuls, les pièces de circonstances et les messes de *Requiem*.

MÉSALLIANCE. Action d'un roturier qui épouse une femme titrée.

MESURE. On ne mesure ni son amitié, ni sa haine, parce que ce sont des sentimens libres : on mesure l'estime, parce qu'elle ne l'est pas.

MINISTÈRE. Gouvernement de plusieurs sous un seul. — Point de mire de l'opposition. — Place attaquée par tous ceux qui voudraient l'occuper.

MINISTÉRIELS. Morceau de pierre qui se laisse façonner à la volonté de chacun des ouvriers dans les mains desquels il passe ; qui tantôt représente la statue du silence, tantôt celle de l'esclave délateur, selon l'emploi auquel on le destine. — Balon qui rebondit plus ou moins selon le vent dont il est rempli. — Planche de liége dont se servent les nageurs pour se soutenir sur l'eau, et qui revient toujours au port quand les premiers ont fait naufrage. — Acteur qui répète fidèlement tout ce que le souffleur lui dicte. — Il est des

s où il est très-permis d'être ministériel.
ourquoi, lorsque les ministres sont de men
is, ne serais-je pas du leur ?

MINISTRES. Fonctionnaires desquels dé-
end le sort d'un Etat et souvent celui d'un
rince. — Hommes qui doivent toujours se
ouvenir de leurs places et oublier leurs pe:-
onnes.— On proposait à un ministre le moyen
e rendre ses comptes. « Trouvez-moi plutôt,
it-il, le moyen de ne pas les rendre. »

MINOIS. Petit fonds qui souvent produit
n grand revenu.

MINORITÉ. Il faut bien se garder de con-
ondre la minorité d'une assemblée avec celle
'une nation. Si la première soutient le vœu de
a majorité des citoyens, son triomphe est
ssuré. Ainsi, soit que l'opinion du plus grand
ombre se trouve dans une bonne ou dans une
mauvaise direction, c'est elle qui règne tou-
ours; et il y a une science dont on ne saurait
rop recommander l'étude à ceux qui s'oppo-
ent aux idées dominantes, c'est l'arithmétique.

MIRACLE. Les faux miracles ont fait grand
ort aux vrais.

MIROIR. Glace dont l'amour-propre voudrait souvent se dissimuler la fidélité. — Un

ami sincère est aussi nécessaire à un ministre,
qu'un miroir l'est à une belle ; mais souvent
l'un et l'autre, au premier accès d'orgueil,
brisent la glace dont la sincérité les effraye.

Tous les hommes sont fous, et qui n'en veut pas voir,
Doit s'enfermer tout seul et casser son miroir.

MISANTHROPE. Homme chez lequel la
colère qu'il éprouve contre ses semblables vient
souvent de l'intérêt qu'il leur porte.

MISÈRE. Etat où les refus ne sont pas ce
qu'on peut éprouver de plus humiliant, et où
l'on est quelquefois forcé de s'exposer à une
reconnaissance plus horrible que le besoin.

MODE. Loi dont l'objet varie souvent, et
dont la force ne s'affaiblit jamais.

MODÉRÉ. Homme qui croit en Dieu, mais
ne damne personne.

MODES. Le changement des modes est
l'impôt que l'industrie du pauvre met sur la
vanité du riche.

MODESTIE. Caractère de simplicité qu'on
ne peut imiter sans beaucoup d'art, et qui peut
être alternativement, dans la même personne,
un moyen d'intéresser beaucoup et un obstacle
à l'intérêt.

Pièce antique que l'on admire, mais qui n'a
us cours dans le commerce de la vie.

Arbre touffu qui cache sous ses feuilles les
uits qu'il produit.

MOLLESSE. Langueur de l'âme, qui nous
soupit et nous dérobe le goût vif de la volupté;
thargie qui nous enlève ce que le plaisir a de
us piquant.

MONDE. Grande salle de spectacle. Les sots
font les honneurs; ils y rient; ils y dansent;
s y boivent : les sages, au contraire, se tien-
nt, sous le masque, dans un coin, obser-
nt tout, et ne disant mot.

> Sur la terre, aux cieux et sur l'onde,
> Tout suit le caprice du sort.
> Trois aveugles mènent le monde,
> L'Amour, la Fortune et la Mort.
> La vie est un bal que commence
> La Fortune tant bien que mal;
> Vient l'Amour qui conduit la danse,
> Et puis la Mort ferme le bal.

MONITEUR. Poteau sur lequel les gouver-
emens qui se sont succédés en France ont fait
lacarder leurs affiches.

MONDE (grand). Mauvais lieu qu'on
roue.

MONTAGNES (artificielles). Promenades

7

des dames qui seront long-temps de mode
parce que l'on y fait tant de chutes, que le vulgaire n'aperçoit point les faux pas.

MONT – DE – PIÉTÉ. Ressource pour l
pauvre, commodité pour le riche, ruine pou
l'un et pour l'autre.

MORALE. Science profonde, qui touch
à la religion par beaucoup de maximes, beaucoup plus sûre dans ce qu'elle conseille pou
prévenir les maux, que dans ce qu'elle tent
pour les guérir.

MORT. But de la vie. — Large chemin que
malgré la foule, l'on parcourt et l'on travers
en tout sens, sans jamais être coudoyé dans s
marche.

MOUCHES. Jadis artillerie de la coquetterie et de tout temps éclaireurs de la police
— Mouche du coche. Voy. *Secrétaires-géné-
raux des ministères ; Maîtres des cérémonies ; Chefs d'état-major ; Grand-vicair
d'un diocèse*, etc., etc.

MOUTON. Le plus doux des animaux, le
plus infâme des mouchards.

MOURANT. Celui qui laisse des dettes est
le seul qui soit sûr d'être regretté.

MOUVEMENT ORATOIRE. Ariette de avoure dans un discours.

MULTITUDE. Corps colossal, qui a des reurs sans passions, de l'enthousiasme sans ntiment; qui joue un grand rôle sans génie, qui a des succès sans gloire.

N.

NAIVETÉ. Il est plus aisé de la sentir que e la définir; c'est une nuance du naturel; 'est le naturel de l'enfance.

NAISSANCE. Titre qui vaut autant qu'il a oûté.

NATION. Masse d'hommes réunis par un ntérêt commun, qui cherchent ensemble le onheur et la liberté sans pouvoir atteindre ni 'un ni l'autre. Ils doivent du moins s'en aprocher le plus qu'il leur est possible.

NATIONAL. L'esprit national est aux peules ce qu'est aux individus l'amour de leur onservation.

NATURALISATION. Beaucoup de peronnages nés en France auraient besoin d'être aturalisés Français.

NATURE. Le mot à la mode, par excellence. Il s'applique à tout, il répond à tout, il explique tout, et tient lieu de tout ; chacun le définit à sa manière : c'est une cause, c'est un effet, c'est un lien, c'est une situation, c'est un bien, c'est un mal, c'est un instinct, un devoir, un sentiment ; le plus souvent c'est une absurdité.

Tel philosophe descend de la chaire où il vient de prêcher la *Nature*, pour aller mettre ses enfans à l'hôpital ; tel autre se ravale au-dessous de la *Nature*, pour nous prouver qu'il n'est rien au-dessus. Celui-ci se fait centre de la *Nature*, celui-là prétend qu'il en est le terme. — Les femmes du grand monde sont tellement enthousiastes des beautés de la *Nature*, qu'elles ne leur préfèrent que le bal masqué, le mélodrame et l'opéra. C'est surtout dans les arts que brille la *Nature*. Un peintre, un sculpteur, vous dit que ses figures sont *Nature* : les poëtes invoquent à tout moment la *Nature* : les moralistes, les physiciens ne sortent pas de la *Nature*, et chacun sait que les médecins et les auteurs sont presque toujours à côté de la *Nature*.

NAVIGATION. Echange, entre les peuples, de coups de canon, de vices et de marchandises.

NÉCESSAIRE. Terme de nos vrais plaisirs ; l'homme ne jouit plus dès qu'il l'a passé.

NÉGOCIANT. Homme plus utile à son pays qu'un financier qui le dévore, qu'un noble qui le surcharge, et qu'un fanatique qui l'aveugle.

NÉGOCIATEUR. Personnage qui ne doit se montrer qu'à demi, sans laisser soupçonner qu'il se cache. Dès qu'il fait entrevoir de la finesse, ses fonctions sont finies.

NÉGOCIATION. En politique, comme dans le commerce, échange de mensonges, de ruses et de fourberies.

NÈGRE. Quelqu'un proposait, dans une assemblée de colons à la Jamaïque, des mesures favorables aux nègres. Eh quoi ! messieurs, dit un planteur, ne connaissez-vous pas ce célèbre Montesquieu dont toute l'Europe respecte le génie ? ne savez-vous pas qu'il a dit :

« Ceux dont il s'agit sont noirs des pieds » jusqu'à la tête, et ils ont le nez si écrasé » qu'il est presqu'impossible de les plaindre. » On ne peut se mettre dans l'esprit que Dieu, » qui est un être très-sage, ait mis une âme, » surtout une âme bonne, dans un corps tout » noir. » L'érudition du planteur surprit agréablement l'assemblée, et l'on passa à l'ordre du jour.

Raynal, dans ses éloquentes déclamations, a prédit qu'il viendrait un nègre qui vengerait les outrages faits aux hommes de sa couleur. Toussaint-Louverture tenait le livre ouvert à cette page, le montrait aux Européens, et leur disait, *moi là*.

NERFS. Siége de toutes les passions, de tous les vices, de toutes les vertus des femmes *comme il faut*; une attaque de nerfs est une arme de plus pour une coquette.

NEUTRE. Homme qui ne dit jamais oui. — Normand politique. — Une loi de Solon défendait de rester *neutre* dans les dissensions civiles. — Dieu vomit les tièdes.

NOBLESSE. Distinction fondée sur de vieux parchemins. — C'est produire un vivant pour un mort, et donner un mort pour un vivant.

Dignité de convention qui ne doit être respectée que dans l'individu dont les actions ont mérité qu'on l'en honorât. — On voit beaucoup plus de nobles depuis la révolution qu'auparavant; il y en a même auxquels il semble qu'elle ait donné seize quartiers.

NOCES. Réjouissances bourgeoises, où tout le monde est gai, excepté ceux qu'on fête.

NOMENCLATURE. Connaissance des mots. Science de bien des gens.

NOMINATION. Contrat de vente d'un homme qui donne sa liberté pour quelques écus.

NON. Particule négative, qui s'échappe rarement de la bouche d'un directeur-général. — Mot que les peuples esclaves ne savent pas dire.

NOTES. Moyen de grossir un petit poême. — Francklin prétend que, puisqu'il y a des peines contre les bouchers qui soufflent les moutons, il devrait y en avoir contre les éditeurs qui enflent les livres.

NOVICE. Prisonnier, enchaîné d'une main.

NOUVELLISTE. Homme qui voudrait anticiper sur les événemens, pour avoir la jouissance d'en parler le premier à tort et à travers.

NUIRE. Plaisir de ceux qui ne savent rien faire de bien.

O.

OBÉIR. Obéir aux hommes, est d'un esclave; obéir aux lois, est d'un sage.

OBSCURITÉ. Moyen de faire penser à soi, en affectant de la modestie. — Retraite de la sagesse, et plus souvent de l'orgueil. — Bonheur du sage.

OBSERVATEUR. Homme tellement occupé à regarder les autres, qu'il s'oublie lui-même.

OCCASION. La bien saisir est souvent le seul talent des *héros*.

OCULAIRE (Témoin). Personnage qui se figure avoir vu beaucoup de choses, et qui retrace des actions d'avant-garde, assis sur une voiture de bagage.

OCCUPATION. Ressource contre l'ennui. La nature nous en fait un besoin, la société un devoir, l'habitude un plaisir.

OCCUPER (S').

S'occuper, c'est savoir jouir;
L'oisiveté pèse et tourmente;
L'âme est un feu qu'il faut nourrir,
Et qui s'éteint s'il ne s'augmente.

OCTROI. Impôt que les gens de finance ont ellement perfectionné, que les *bêtes* payent l'état leur contribution directe.

ODE. Sonate de la littérature.

OFFICES. Archives du gastronome.

OFFICIEUX. Rôle de certains agréables u jour, aussi féconds en protestations que tériles en véritables services.

OFFRES DE SERVICE. Monnaie cou-ante dont on a toujours la poche pleine, et ue l'on distribue sans compromettre sa for-une.

OIE. Bipède qui marche la tête haute, crie rès-fort, et fait rire lorsqu'il veut s'élever. — On ne doit pas s'étonner de voir tant d'écri-ains se constituer les gardiens des libertés na-ionales, les oies n'ont - elles pas sauvé le Capitole ?

OMBRE.

.... De Pluton les royaumes sombres
Ne sont pas l'endroit seul habité par les ombres;
Sur la terre aujourd'hui l'on en voit quantité.
L'ombre de la franchise et de la vérité,
L'ombre de la vertu, l'ombre de la sagesse,
L'ombre de la bonté, l'ombre de la candeur,
L'ombre du sentiment, l'ombre de la tendresse,
L'ombre de la justice et l'ombre de l'honneur.

7.

ON. Enfant-trouvé qui n'a jamais tort. — Roi puissant, dont le trône est en France, et dont les sujets sont les gobe-mouches et les badauds, les journalistes et les historiens du du temps.

OPÉRA. Spectacle ennuyeux avec pompe. — Boileau trouvait singulier qu'on l'ennuyât à si grands frais. — On a dit que, pour rendre l'opéra supportable, il faudrait allonger les ballets et raccourcir les jupes des danseuses.

OPINION PUBLIQUE. Reine du monde, dont les arrêts s'exécutent d'une manière souvent lente, mais sûre. — L'opinion publique est en raison directe des intérêts. Consultez l'activité des ports de mer, la population et la fertilité des campagnes ; voyez s'il se fait des transactions, si les ateliers et les cabarets sont pleins : voilà, pour apprécier l'opinion publique, qui vaut mieux que les journaux, les adresses et les discours. — Il n'y a pas à gagner à se mesurer avec l'opinion ; toutes les tailles se rapetissent devant elle.

OPIUM. Romans allemands, mélodrames, gazettes. — Les peuples ne sauraient exister sans faire quelques mouvemens dont il ne faut pas trop s'effrayer ; à force de leur donner de l'opium pour les endormir, on les tue.

OPPOSITION. Sentinelle placée pour défendre les frontières constitutionnelles.

OPPRIMER. Passe-temps des despotes.

OPTIMISME. Système de ceux qui, ne manquant de rien, soutiennent que tout est au mieux, dans le meilleur des mondes possibles.

OPULENCE. Avantage qu'un maraud peut avoir sur un honnête homme. Passeport de la sottise et du vice.

OR. Métal de couleur jaune qui fait massacrer les hommes, brûler les villes, opprimer les citoyens et succomber les femmes.

ORAISONS FUNÈBRES. Discours en l'honneur des grands, qui sont toujours des hommes merveilleux quand ils sont morts. — On dit proverbialement : Menteur comme une oraison funèbre.

ORATEUR. Moulin à paroles, qu'un peu d'or fait tourner, et qui bouleverse l'univers avec une période ou un dilemme.

ORCHESTRE. Composé comme une assemblée politique, de gens qu'il est difficile de mettre d'accord. Mais dans un orchestre il faut faire jouer tous les instrumens ensemble, et dans une assemblée il faut empêcher tous les députés de parler à la fois.

ORDONNANCES. Formules des médecins. — Décrets des Rois. — Mesures de police. — On ne sait trop lesquelles sont les plus utiles ou les plus nuisibles aux hommes.

ORGUEIL. Usurpateur barbare, exigeant tout, n'excusant rien, soupçonnant toujours, punissant sans cesse ; il ne veut voir que des esclaves et ne prononce que des arrêts.

ORGUES DE BARBARIE. Musique des enfans. — Moyen de circulation des billets doux. — Instrumens de la police. — Mélodie, qui le croirait ? employée, en 1817, pour étouffer les cris de la victime de lâches assassins.

ORIGINAL. Homme qui se pique d'être lui-même. Monnaie nouvellement frappée, dont l'empreinte n'est point usée par le frottement.

ORIGINALITÉ.

Quelquefois du génie elle est un attribut ;
Mais elle est plus souvent l'écueil de la sottise ;
La poursuit-on, elle fuit ; c'est un but
Que l'on manque, dès qu'on y vise.

ORNIÈRE. Un député disait, en 1815, qu'il fallait sortir de l'ornière de la révolution. Il ne pensait pas qu'il y a des chemins où l'on ne peut pas quitter l'ornière sans tomber dans le précipice.

ORVIÉTAN. Brochure du jour.

OUBLI. Moyen de finir les révolutions. — Tyran qui suit ordinairement la gloire pour dévorer ses amans à ses yeux, et qui, toujours vainqueur, ne daigne jamais chanter ses victoires.

OUBLIER. Souvent synonyme d'*apprendre*.

OUBLIETTES. Cachot couvert d'une fausse trape, dans lequel on faisait tomber ceux dont on voulait se défaire secrètement. — Bateaux à bascule du bon vieux temps.

OUI. Particule qui se trouve continuellement dans la bouche des gens sans caractère, qui sont toujours de l'avis du dernier qui a parlé, et qui, cherchant à être les amis de tout le monde, finissent par ne l'être de personne. — Syllabe bannie des dictionnaires en usage à Rouen et à Caen.

OUVRAGE D'ESPRIT. Propriété sans garantie. Le petit-fils de Corneille ou de La

Fontaine mourra de faim, tandis que l'héritier d'un partisàn qui n'a déployé qu'une intelligence très-commune pour piller la nation au lieu de l'honorer, nagera dans l'opulence. Abus inconcevable chez des nations où les principes de la propriété sont connus. Voyez *Emploi*.

OUVRAGE PÉRIODIQUE. Production éphémère, dont la lecture ne sert qu'à donner aux femmes et aux sots de la vanité sans instruction, et dont le sort, après avoir brillé le matin sur la toilette, est de mourir le soir dans la garde-robe.

P.

PAIN. Il n'y a qu'un moyen de police pour prévenir les révoltes de ceux qui n'ont point de pain, c'est de leur en donner.

PAIN BÉNI. Tribut payé aux marguilliers par la vanité des bourgeoises.

PALAIS-ROYAL. Il est à Paris ce que Paris est à l'Europe.

PALAIS. Jolies cages, où des perroquets de toute couleur babillent et mordent.

PALINODIE. Chant sur deux tons opposés, à l'usage de beaucoup de musiciens modernes.

PAMER (Se). Moyen de renvoyer un créancier, ou de tromper un mari.

PAMPHLET. Cavalerie légère dont se servent les factions pour pousser des reconnaissances au camp ennemi. — Premières armes d'un apprenti ambitieux.

PANACHE. Marchandise qui ne vaut qu'en raison de sa couleur.

PANÉGYRIQUE. Discours à la louange d'un grand seigneur, qui lui apprend à connaître ses vertus, dont il ne soupçonnait pas même l'existence.

PANTHÉON. *Aux grands hommes la patrie reconnaissante.* La plus belle inscription qu'on ait pu inventer chez un peuple libre.

PANTIN. Image de beaucoup de petites figures animées, qu'on voit agir dans la société sans apercevoir la cause qui leur donne le mouvement.

PANTOMIME. A Rome, tant que le peuple fut libre, les sénateurs représentèrent des scènes dramatiques; sous les empereurs, ils ne jouèrent plus que la pantomime.

PAON. Symbole de la vanité. — Ignorant revêtu d'un bel habit, dont la marche est lourde, la voix aigre, l'orgueil démesuré. Voyez *Noble* et *Favori*.

PAPE. Souverain dont les États sont peu productifs, mais qui récolte dans les autres.

PARABOLES. Récits ingénieux que l'on trouve dans l'Évangile, et que chaque secte interprète à sa guise. — Le Solon du genre humain n'a pas dédaigné d'en être quelquefois le La Fontaine.

PARADE. Spectacle des oisifs, inventé pour donner au peuple le goût des armes. — Théâtre de la gloire... de Bobèche.

PARADIS. Séjour bienheureux dans lequel les Chrétiens jouiront éternellement de la vue de Dieu, les Mahométans boiront du vin et caresseront des houris, et les Scandinaves boiront du sang dans le crâne de leurs ennemis.

PARADOXE. Moyen de briller. — Opinion contraire à l'opinion commune, trop souvent synonyme de vérité.

PARASITE. Homme qui n'ouvre la bouche qu'aux dépens d'autrui, et qui paie son écot avec des bassesses.

PARCHEMINS. Brevet de la sottise cons-
tatée. Le mérite n'a fait jamais usage de ce
moyen coriace.

PARENS. Il n'y a point de meilleurs
parens que nos amis véritables, ni de plus
grands ennemis que nos mauvais parens; si
nous sommes plus riches qu'eux, ils nous
envient; et si nous sommes plus pauvres, ils
nous méprisent.

PARESSEUX. Frelon dans une ruche.
Demain, demain est toujours le terme fatal
auquel il doit remédier à tout : demain vient;
il passe, toujours embrassant l'ombre au lieu
de la réalité, sans observer que le seul présent est à nous, que l'avenir n'est pas encore,
et que le passé n'est plus.

PARIS. Paradis des femmes, purgatoire des
hommes, enfer des chevaux.

PARNASSE. Lieu où l'on rêve avec esprit,
où l'on loue avec finesse, où l'on ment avec
audace, et où l'on trouve parmi les fleurs, des
serpens et des épines, dont la piqûre se fait
sentir toute la vie.

PARODIE. Imitation burlesque d'un tableau sérieux. — Valet qui singe son maître.

— Moyen de donner quelque vogue à un ouvrage ennuyeux.

PAROLE. Vêtement de la pensée.

PARTERRE. Jury très-sujet à l'erreur. — Peuple souverain au théâtre. Les acteurs reconnaissent sa souveraineté et nous ne craignons pas qu'ils nous traduisent pour cet article en police correctionnelle.

PARTI. Un homme n'est jamais si bon qu'on le peint dans son parti, ni si méchant qu'il l'est au jugement du parti contraire. — Il est souvent plus difficile de vivre avec les hommes de son parti que d'agir contre ceux qui lui sont opposés.

PARTISAN. Homme intéressé dans les affaires d'un souverain et qui en profite plus que lui. — Il vaut mieux être partisan que poëte, et habiter des palais dorés que de chanter le siècle d'or et être logé à l'hôpital.

PARURE. Relief du mérite d'un homme et de la beauté d'une femme.

.... Masque dont au siècle où nous sommes,
Se parent avec art les femmes et les hommes;
Qui, fascinant les yeux de l'univers déçu,
Donne aux vices les droits et l'air de la vertu;
Fait respecter partout l'imposture parée,
Et fuir la probité qui n'est point décorée.

PARVENUS. Hommes qu'on voit sortir tout à coup comme du néant, et dont la fortune prodigieuse cause autant de surprise que d'envie; ils ressemblent à ces petits ruisseaux qu'un orage subit a grossis, et qui, devenus dans un instant des torrens impétueux, renversent avec fracas les chênes, sans l'ombre desquels ils eussent tari mille fois.

PASSEPORT. Mensonge politique à la faveur duquel on fait passer la vérité.

PASSÉ. Mot qui ne sera jamais synonyme de *présent* et encore moins *d'avenir*.

PASSIONS. Source des grands crimes et des grandes vertus; sans elles l'homme n'est qu'un automate parlant.

PATACHE. Berline du tiers-état.—Maison de plaisance des employés de l'octroi.

PATIENCE. Fille de la raison et du courage, et quelquefois vertu de ceux qui n'ont ni courage ni raison. — Les Orientaux, pour exprimer le succès que la patience obtient toujours, ont un singulier proverbe : *Chasser le lièvre avec une charrette.* — Buffon a dit, la patience est le génie.

PATRIE. Le lieu où l'on est né, pour les

grammairiens ; le lieu où l'on est bien, pour les 99 centièmes des hommes.

PATRIOTE. Ami passionné de son pays, des lois et de la liberté. Homme qui préfère la chose publique à son intérêt personnel, pour qui les choses sont tout, et les personnes rien.

PAUVRE. Nègre de l'Europe. — Il n'y a que les pauvres d'esprit qui trouvent grâce dans la société.

PAUVRETÉ. Enfer sur la terre. — Pauvreté n'est pas vice, disait-on à un pauvre hère ; ah ! répondit-il, c'est bien pis.

PÉDANT. Homme gonflé de grec et de latin, dont la conversation est aussi maussade que la personne.

Les pédans sont les harpies de la fable ; ils corrompent tout ce qu'ils touchent.

PÉGASE. Cheval très-ombrageux qui donne force ruades à ceux qui ne savent pas le monter.

PEINES. Espèce de souffrances physiques ou morales, attachées à la nature et à la condition de l'homme. Elles paraissent de loin comme des rochers et des précipices stériles et raboteux ; mais, à mesure que nous en approchons, on y trouve de petits endroits fer-

tiles et des sources d'une eau vive qui en di-
minuent l'horreur naturelle.

PÉLERIN. Homme qui abandonne sa
patrie, sa femme et ses enfans, pour faire
parler de lui et gagner des indulgences à la
Terre-Sainte.

Avec une éphitète il signifie tout autre chose.
C'est un fier pélerin..... Celui-là n'a pas
besoin d'aller jusqu'à Jérusalem.

PENDAISON. Les Anglais ont des accès de
pendaison, comme les autres en ont de fièvre.
Il est juste qu'une nation qui ne vit point
comme le reste des hommes, qui ne pense
comme personne, meure d'une manière qui lui
soit propre.

PENDU. Un auteur de pensées, voulant
exprimer le penchant irrésistible que quelques
gens ont pour le crime, disait : « Il y a des
gens qui naissent pendus. »

PENSION. Récompense du brave qui a
versé son sang, de l'agent de police qui a
dénoncé, du journaliste complaisant, et de
l'homme de lettres prodigue de flatteries.

PENSIONNAT. Lieu où les jeunes filles
apprennent à danser, à recevoir des billets
doux, à lancer des œillades, etc.

PERROQUET. Savant de société. — Publiciste moderne.

PERFIDIE. Expression commune, qui, en amour, prête infiniment à l'exagération des plaintes et à l'injustice des reproches. En amitié, la cause en est horrible, et les conséquences affreuses.

PERSÉCUTION. Moyen d'encourager l'hérésie, de donner de l'éclat au mérite, de l'importance à la nullité, de la réputation à un livre, de la célébrité à un sot, de la vogue à un charlatan. — Dans le dix-huitième siècle, les écrivains persécutés avaient la table et le logement chez tous les gens raisonnables.

PERSIFLAGE. Raillerie plus amère que les injures. — Triomphe dont l'esprit devrait être honteux, parce qu'il lui est trop facile de l'obtenir.

PERSONNAGE. Homme qui joue communément un rôle de héros avec une taille de nain.

PERSPECTIVE. Trois clochers sont placés dans une ligne droite à des intervalles égaux. Si vous êtes sur le premier, vous voyez celui du milieu se confondre avec le troisième ; si vous montez sur ce dernier, vous éprouvez en sens

ontraire une illusion semblable. Ce n'est qu'en
ous tenant au milieu que vous voyez les choses
 leur véritable place. — Il en est de même des
artis, *l'ultrà royaliste* voit *le modéré* tout à
ôté du *jacobin*. Le *jacobin* le voit tout à côté
e *l'ultrà;* il n'y a que le *modéré* qui sache
pprécier les distances.

PESTE. Fléau que la civilisation seule peut
létruire. Les Turcs ne font rien pour s'en pré-
erver; ils ne supposent jamais ce qu'ils croient
tre la volonté de Dieu; leurs maîtres ne veulent
as qu'ils en sachent davantage. Je le crois
ien, car s'ils avaient aujourd'hui assez de
on sens pour combattre la peste, demain
ls détruiraient la tyrannie. — Si la peste
lonnait des cordons et des pensions, la peste
aurait demain des flatteurs.

· **PÉTITIONS.** Papier qui sert pour les en-
veloppes des bureaux, ou pour les papillotes
ministérielles.

PEUPLE. Quand il signifie l'universalité
des citoyens, c'est en lui que résident la force,
le pouvoir, la richesse et la majesté. Quand
on l'emploie pour signifier les artisans, il doit
être regardé comme la partie la plus utile de
la nation. La populace en est la sentine.

PEUR. Il y a des hommes dont on ne doit pas dire qu'ils *craignent* Dieu, mais qu'ils en ont *peur*.

PHILOSOPHE. Homme qui oppose la nature à la loi, la raison à l'usage, sa conscience à l'opinion, et son jugement à l'erreur.

PHILOSOPHIE. Amour de la sagesse; connaissance de la vérité; haine des préjugés, de l'esclavage et de l'intolérance.

PHRASE. Il est plus difficile de trouver une première phrase que la millième, parce que la dernière découle toujours de la première, dans un entretien bien soutenu, comme dans un discours académique bien fait.

PILLER. Art de suppléer à la pénurie de sa bourse ou à la stérilité de son génie.

PLACET. Le peuple se croit libre quand le souverain lit les *placets*, ou du moins quand il laisse croire qu'il les lira à ceux qui les lui présentent.

PLAGIAIRE. Homme qui vit mesquinement avec des millions pris à autrui.

PLAIDEUR. Individu dont la manie est de chercher les moyens d'enrichir la justice en s'appauvrissant.

PLAIDOYER. Discours prolixe et ennuyeux, dans lequel on s'étudie à ne montrer que le beau côté de sa cause, et le mauvais de celle de son adversaire.

PLAISANT (Mauvais). Homme qui n'a juste que ce qu'il faut d'esprit pour être un sot.

On cherche les plaisans , et moi je les évite.

PLAISIR. Sentiment agréable, mais passager.

Les plaisirs sont comme la glace :
Glissez, mortels , n'appuyez pas.

PLAT. Homme quelquefois très-épais.

PLONGEON. Homme en place depuis vingt-cinq ans.

PLUME. Petit tuyau qui fait voler les oiseaux, couvre le chapeau du brave , sert de fit au crésus ignorant, d'arme au poëte , de stylet au libelliste , de flambeau et d'éteignoir au genre humain.

PONT-AUX-ANES. Chemin suivi par les sots, et quelquefois par les sages.

POÉSIE. Musique qui parle, comme la musique est une poésie qui chante, parce que

8

tout vers semble supposer quelque chant, et
que tout chant demande ou suppose des paroles.

POÉSIES (Fugitives). Vers qu'on dédit
aujourd'hui à un grand seigneur, et demain à
celui qui le remplace. — J'ai vu dans les ateliers
d'un grand sculpteur, une statue de Ferdinand,
dont on enlevait la tête pour y substituer celle
de Murat.

POETE.

Il n'est pas de degré du médiocre au pire.

Une nation s'honore de produire des Corneille, des Racine, des Voltaire. Elle dédaigne ces petits auteurs qui fourmillent
comme les insectes au printemps, qui inondent
les recueils périodiques d'élégies sur le trépas
d'une maîtresse qui ne vécut jamais; de re-
mercîmens à un homme en place pour des
grâces qu'ils n'ont jamais reçues; d'im-
promptus faits à loisir, et dont la muse à jeun

Chante Iris, dont jamais n'approcha leur misère.

POETES (de circonstance).

Ces poëtes flatteurs, race avide et frivole,
Pour qui toute la gloire est dans l'or du Pactole;
Ces lâches qui, d'un vers ingrat et clandestin,
Ont, le soir, outragé l'idole du matin,

.t qu'ensuite on a vus, dans leurs chants magnanimes
Honorer les bourreaux, insulter aux victimes,
Fiers et bas tour à tour, politiques serpens,
Par instinct à la fois et par calcul rampans,
Qui, de leur misérable et servile génie,
Font dans tous les partis traîner l'ignominie.

POIGNARD. Arme nécessaire dans le cin-
quième acte d'une tragédie.

POING. Épée anglaise.

POINTE.

.... Jeu de mots
Qui, par une heureuse industrie,
Souvent d'un ennuyeux propos
Fait sortir la plaisanterie ;
Par elle le sens détourné ;
Présente une adroite équivoque,
Qui frappe l'esprit étonné.
. . . .
On la trouve bonne ou mauvaise,
Et malgré la réflexion,
Si l'on a ri, le trait est bon.

POLICE. Sacrée est-elle ; personne n'y
touche.

POLICHINELLE. Roi des marionnettes,
héros des enfans. Les grands enfans ont aussi
leurs polichinelles.

POLISSON. Jeune étourdi auquel les
femmes pardonnent volontiers.

POLITIQUE. Homme qui fait fortune en vendant tous ceux qui l'on acheté.

PONTON. Théâtre de la philantropie anglaise.

POPULARITÉ. Mérite des bons rois. — Hypocrisie d'un ambitieux.

PORTIER. Cerbère des palais. — On ne conçoit pas que chez un peuple libre, il soit si difficile d'arriver jusqu'à un commis pour discuter les choses dont la vie d'un citoyen dépend quelquefois. Il manque à la Charte un article sur les portiers. — Quand Wasingthon était président des Etats-Unis, on entrait dans son cabinet sans être annoncé.

POSITION. Dans la société, on doit tout à sa position. Tel, dont les talens sont inconnus, vit dans l'obscurité; il lui manque un cadre. Tel autre ne brille que par le sien.

POSTÉRITÉ. Chimère qui s'éloigne le moins de la raison, et passion qu'il faut le moins ravir aux hommes.

Elle n'est autre chose qu'un public qui succède à un autre; or, on voit ce que c'est que le public d'à présent.

POUDRE A CANON. Petite poussière

noire, inventée par un moine, pour servir de passe-temps aux souverains.

POUMONS. Gagne-pain d'un avocat.

POURPRE. Couleur rouge qui a la propriété de faire ployer les genoux à la multitude.

POUVOIR. Arme instituée originairement pour la défense, et qui sert communément à l'attaque.

PRÉDICATEURS. Orateurs qui devraient souvent nous dire : Faites ce que je dis, et non pas ce que je fais.

PRÉFACE. Espèce d'amende honorable qu'un auteur fait presque toujours à la tête d'un mauvais livre, pour prier le lecteur de lui pardonner ses sottises.

PRÉFECTURE. But qu'un *député ministériel* tâche d'atteindre.

PRÉFET. Diminutif de ministre. — Homme qui fait beaucoup de bien ou beaucoup de mal.

PRÉJUGÉ. Opinion reçue sans examen. — Seconde ignorance entée sur notre ignorance naturelle. — Lisière que la religion et la politique emploient avec un égal succès, pour conduire l'espèce humaine.

PRÉJUGÉS. *Un homme à préjugés* est un homme armé de vieilles opinions, qu'il oppose sans examen à des opinions nouvelles. Une femme à *préjugés* signifie presque toujours une femme attachée à ses devoirs. — Il y a des *préjugés* appuyés sur des vertus ; les gens qui les attaquent ne tirent pas toujours juste. Il faut l'adresse de Guillaume Tell pour enlever la pomme sans toucher l'enfant.

PRESBYTÈRE. Château de la nièce de certains curés.

PRESSE (Liberté de la). Affranchie qu'on remet sans cesse à la chaîne.

PRÉTENTIONS. Le plus innocent des mensonges, parce qu'il n'en impose à personne; le plus dangereux des témoins, parce qu'il dépose toujours contre la personne en faveur de laquelle il parle. — Les *prétentions* à la naissance sont les plus ridicules, et pourtant les plus modestes de toutes.

PRÊTEUR SUR GAGE. Homme métallique, qui calcule de sang-froid les bénéfices à faire sur la misère et les produits du besoin , et

qui, avec l'horrible joie des vautours, s'empare du dernier lambeau que laisse tomber
l'indigence.

PRÉTEXTE. Besoin des esprits faibles,
art des esprits faux.

PRISON. Habitation du débiteur malheureux, et du conspirateur présumé. Voyez
Enfer.

PRIVILÉGES. En latin, *privantia legibus*,
en français, absence des lois. — Souvenirs de
la noblesse.

> Félicité passée
> Qui ne peux revenir,
> Tourment de ma pensée,
> Que n'ai-je, en te perdant, perdu le souvenir!

PROBITÉ. Glace sur laquelle on ne doit
apercevoir aucune tache. (Voyez *Délicatesse*).
Il y a pourtant des gens qui font consister la
probité à ne voler qu'un peu, et sans qu'on
s'en aperçoive.

PROCÈS. Rentes payées par les plaideurs,
et touchées par les procureurs et les avocats.

PROCLAMATION. Annonce de charlatans
qui veulent vendre leurs drogues. — Prospectus
de grands ouvrages.

PROCUREUR. Chat qui accorde les diffé-
rends entre les souris.

PRODIGUE. Fou qui, allumant sa lampe
en plein midi, n'a plus d'huile pour la nuit.

Un prodigue s'étonnait de ce qu'on lui demandait une forte aumône : C'est que bientôt,
lui dit-on, tu n'auras plus rien à donner.

PROFESSION RELIGIEUSE. Cérémonie
dans laquelle un jeune homme ou une jeune
fille promettent à Dieu de se tourmenter dans
ce monde pour être sauvés dans l'autre.

PROFONDEUR. Beaucoup d'auteurs y
prétendent. Leurs ouvrages ressemblent aux
Catacombes... profondes, vides et obscures.

PROJET. Jeu de hasard. L'honnête homme
s'y ruine; le fripon y ruine les autres.

> Le matin je fais des projets,
> Et le long du jour des sottises.

Histoire de bien des hommes.

PROMESSE. Monnaie qu'on reçoit et qu'on
donne sans examiner si elle est de bon aloi.

> Sans cesse en frais vous le voyez se mettre;
> A tout venant sa manie est d'offrir;
> Il s'appauvrit à force de promettre
> Et s'enrichit à ne jamais tenir.

PROMÉTHÉE. Demi-dieu foudroyé par

Jupiter, pour avoir dérobé le feu du ciel, et
en être servi pour animer l'homme. — Image
des philosophes persécutés par les despotes.

PRONEURS. Espèces d'oiseaux criards,
instruits à répéter : *Psaphon est un Dieu !*
Les prôneurs, formés en jurande, font aujourd'hui le monopole des réputations ; les
journalistes ont un gros intérêt dans l'entreprise.

PROPHÈTES. Hommes qui dès qu'une
chose arrive, s'écrient : Je l'avais bien prédi !
— Gens qui de temps en temps prédisent
juste, parce qu'ils annoncent ce qu'ils désirent
ou ce qu'ils craignent, et qui voient quelquefois clair avec des passions aveugles.

PROPRETÉ. La plus petite de toutes les
vertus, mais qui n'en est pas moins nécessaire à
l'homme.

Je vous permets un luxe, et c'est la propreté.

PROSCRIPTION. Moyen d'éterniser les
révolutions. — Les partis ne se diront-ils
jamais : Celui qui proscrit sera proscrit.

PROSOPOPÉE. Apostrophe aux morts qui
souvent fait bâiller les vivans.

8.

PROSPECTUS. Annonces pompeuses :
Mais qu'en sort-il souvent ?
Du vent.....

PROTECTEUR.

Des protégés si bas , des protecteurs si bêtes!

PROTÉGÉ. Rôle qu'on ne peut soutenir long - temps sans impatience ou sans bassesse.

PROVERBES. Vérités d'usage pour tout le monde , confirmées par l'expérience , et exprimées d'une manière simple et vulgaire. — Sagesse des peuples.

PROVINCES. Pépinières de badauds à l'usage de Paris.

PROVINCIAL. Homme qui devient ridicule dès qu'il veut imiter un Parisien.

PRUDE. Femme qui, sans avoir d'âme, a beaucoup de tempérament, et qui établit ses plaisirs sur la jouissance de l'un, et sa réputation sur le défaut de l'autre.

PRUDENCE. Art de choisir. Complémen du vrai courage.

PRUDENT. Homme qui doit se souveni.

des choses passées, se servir des présentes, et prévoir les futures.

PSAUMES. Chants composés en hébreu et traduits en latin, à l'usage de ceux qui n'entendent ni l'un ni l'autre.

PUBLIC. Beaucoup de sots, quelques gens d'esprit; de la passion et de la sagesse; des jugemens, souvent prononcés *ab irato*, dictés par l'intérêt du moment, par la mode, quelquefois par l'impartialité; aujourd'hui des applaudissemens exagérés; demain des satires ou des huées : voilà le public.

On accusait une femme de poursuivre trop vivement les sots : J'ai tort, dit-elle, je sens que c'est manquer au public.

PUDEUR. Vieux mot. — Quatrième grâce qui fait valoir les autres.

PURGATION. Poison déguisé.

PURGATOIRE. Police correctionnelle du ciel.

PYRRHONIEN. Philosophe qui doute de tout, et qui ne s'aperçoit de son existence que quand on lui donne des coups de bâton.

Q.

QUALITÉ (Homme de). Homme qui souvent s'encanaille pour s'enrichir.

QUANTITÉ (Homme de). Homme qui souvent se ruine pour s'ennoblir.

QUERELLE. Faute, quand on se l'attire ; bêtise, quand on ne la prévient pas ; malheur, lorsqu'on n'a pu l'éviter.

QUESTION. Chose souvent aussi difficile à bien faire qu'à bien résoudre. — Forme de conversation familière aux sots et aux sages. Les sots fatiguent, les sages instruisent.

QUÊTE. Spectacle où la beauté aime à jouer un rôle. — Impôt mis sur la vanité au profit des pauvres.

R.

RAILLERIE. Poignard à crochet. Plus on cherche à l'arracher, plus il déchire.

RAISON.

Cette fière raison, dont on fait tant de bruit,
Contre les passions n'est pas un sûr remède.
Un peu de vin la trouble, un enfant la séduit;
Et déchirer un cœur qui l'appelle à son aide,
Est tout l'effet qu'elle produit.

RALLIEMENT (Point de). Petit morceau d'étoffe remarquable par sa couleur, qui a plus d'une fois renversé les rois et les empires.

RAMPER. Un aigle trouvant un limaçon dans son aire, lui demanda comment il s'était élevé si haut : En rampant, dit le limaçon.

RANÇON. Les contributions de guerre sont la rançon des peuples.

RANGS. Échasses sur lesquelles il est difficile de se soutenir.

RÉALITÉ. La délicatesse voudrait l'exclure de ses plaisirs ; la grossièreté ne goûte de plaisirs que par elle ; la raison se place entre ces deux extrémités. Elle juge et désire, elle épure et jouit.

REBELLE. Nom que chaque parti donne au parti contraire.

RECONNAISSANCE. Mémoire du cœur. — Tribut que les grands ne payent à personne, et qu'ils exigent impérieusement des petits.

RECRUTEMENT. Doublure de la conscription. — Chose indispensable à tout peuple qui veut exister.

RECUEILS (*de bons mots*). Comme les tours de gibecière, ils n'inspirent qu'un intérêt du moment : celui qui les lit sait quelque gré à l'auteur qui charme un instant ses ennuis ; mais sa reconnaissance s'évapore au dernier feuillet du livre.

RÉDACTEUR (*de journal*). Homme payé pour faire les colonnes d'un journal avec les pages d'un livre. — Êtes-vous sûr de telle nouvelle ? disait-on à un journaliste. Je le crois bien, c'est moi qui l'ai faite.

RÉFLEXION. Puissance de nous replier sur nos idées, de les examiner, de les modifier, de les combiner. Elle afflige l'esprit qu'elle instruit, elle endurcit le cœur qu'elle éclaire.

REFUS. Faveur qu'on a souvent la cruauté de faire attendre long-temps.

REGARDS. Premiers billets doux des amans.

RÉGENCE. Interrègne souvent troublé par la discorde ; mais presque toujours favorable à la liberté.

RÉGIME (*Ancien*). Objet de soupirs

inutiles. Semblable à ces châteaux gothiques épars sur la crête de nos montagnes, dont quelques vieux seigneurs peuvent regretter la destruction, mais qu'on ne rebâtira plus. — Temps où les élémens du bonheur du peuple étaient les dîmes, les droits féodaux, les corvées, les moines et les seigneurs de village.

RELACHE. La seule pièce qui ne puisse jamais tomber et qui soit toujours bien jouée. — Chose nécessaire au sage. Si l'arc est toujours tendu, il se rompt.

RELIGION. Supplément aux lois civiles, plus puissant qu'elles pour le mal comme pour le bien. — Adorer les grands, le vin, la bonne chère et les femmes, c'est la religion à la mode.

ROME.
Veuve d'un peuple roi, mais reine encor du monde.

Vers qui, si les lumières continuent à se répandre, sera toujours beau, mais ne sera plus vrai.

REMORDS. Enfer terrestre. — Leur existence doit consoler les bons des succès qu'obtiennent les méchans.

RENOMMÉE. Bruit doux et flatteur qui nous charme, et dont le plaisir consiste

.... A voir autour de nous
Des amis satisfaits ou des rivaux jaloux.

RENTIERS. Hommes qui s'enchaînent par l'estomac.

REPENTIR. Jugement que nous portons de nous-mêmes.

Dieu fit du repentir la vertu des mortels.

RÉPERTOIRE. Chaos informe, où les bonnes et les mauvaises pièces sommeillent quelques centaines d'années, pour revivre ou pour mourir de nouveau sur le théâtre où elles sont nées. — Patrimoine des acteurs, avides héritiers des auteurs morts.

RÉPÉTITION. Figure de rhétorique, souvent mise en action par les ennuyeux et les bavards.

REPRÉSENTANT. Homme qui arrive avec un mandat et s'en retourne avec une place.

REPRÉSENTATIF. Système de gouvernement le moins propre au despotisme, et que par conséquent certains rois adoptent le plus tard possible.

REPRÉSENTATION NATIONALE. Réunion d'hommes dont le devoir est de faire de bonnes lois, de diminuer les impôts, et de défendre les libertés du peuple.

REPRÉSENTATION THÉATRALE.

ièvre chaude d'un malade qui a beaucoup de
médecins et n'en meurt pas moins.

RÉPUBLICAIN. Homme sujet au délire de
la vertu. — Etranger dans une monarchie,
mais qu'il est facile d'y naturaliser, lorsque le
peuple est libre, les pouvoirs balancés, le
roi magistrat. Car dès qu'il y a une *chose pu-*
lique à laquelle tous les citoyens s'inté-
ressent, il existe une *république*, même sous
le gouvernement d'un seul.

RÉPUBLIQUE. Forme de gouvernement
qui séduit beaucoup de gens, et que beaucoup
d'autres critiquent, parce qu'elle souffre
moins qu'une autre les préjugés, l'intolérance,
les priviléges, les escamoteurs politiques, les
bans, et surtout les fonctions héréditaires.

RÉPUTATION. Cloche que le moindre
mouvement fait mouvoir, et dont le son
meurt presque aussitôt qu'il s'est fait entendre.

RÉQUISITOIRE. Lettre de cachet du
temps actuel.

RESPECT. Hommage presque toujours
rendu par la crainte.

RÉTRACTATION. Ressource ordinaire des âmes pusillanimes ; rarement utile, parce qu'elle ne prouve que la faiblesse ou l'intérêt de celui qui se rétracte.

RÉVÉLATION. Manifestation des volontés divines, faite par le Tout-puissant à des hommes incapables de tromper et de se tromper.

RÉVERBÈRES. Invention excellente pour la police des villes, et que nos conquêtes ont propagée en Europe. — Beaucoup de gens craignent la philosophie comme les voleurs craignent les réverbères.

RÊVERIE. Sensation vague et indéterminée, qui nous promène dans le champ des illusions, et nous fait goûter des plaisirs chimériques.

REVERS. Lendemain des victoires.

RÉVOCATION (*de l'édit de Nantes*). Perte, pour la France, de beaucoup de citoyens et de capitaux. — Grande tache sur un beau règne.

RHÉTEUR. Homme toujours prêt à parler pour ou contre. — Le cardinal Duperron disait à Henri IV : Sire, dans mon sermon d'aujourd'hui, je vous ai prouvé qu'il y a un

Dieu ; demain , si vous voulez , je vous prou-
verai le contraire. Henri IV lui tourna le dos.

RHÉTORIQUE. Art de parler beaucoup
sans rien dire. — Lit de Procuste où l'on ra-
petisse les grandes choses , et où l'on agrandit
les petites.

RICHESSES. Tarif de la considération. —
Leur effet inévitable est d'étendre le vide
qu'elles promettent de remplir , de multiplier
les crimes sans assouvir les passions , et au
lieu de nourrir le cœur, de l'affamer davantage.

RIDICULE. Ce n'est pas un défaut; ce
n'est pas un vice; ce n'est pas un crime; c'est
bien pire aux yeux du monde.

RIEN. Inconnu assez difficile à définir : il
est incommensurable , indivisible , indéfini; il
est le commencement , le progrès et la conclu-
sion de toutes nos vanités; il est dans tout , et
c'est rien.

RIMAILLEURS. Avortons du Parnasse ,
fabricans de petits vers de société et de bou-
quets à Chloris.

Pardonnez-leur, Seigneur, un fol amour d'écrire,
Leurs vers sont innocens, on n'a pas pu les lire ;
Ces malheureux sont morts pour la postérité ;
Ils rimèrent, mon Dieu, par pure humilité.

RIRE. Signe de la supériorité ou de la bêtise. — Expression de la malice ou de l'ironie.

ROIS. Premiers magistrats d'un peuple libre. — Bons ou mauvais génies sur la terre, suivant qu'ils sont vertueux ou méchans.

Si nous fîmes les rois, qu'ils nous rendent heureux ;
Si les dieux les ont faits, qu'ils imitent les dieux.

ROMANS. Bibliothèque des antichambres. — Voyez *Bulletins*, *Moniteurs*, *etc.* — L'amour est le roman du cœur, l'amitié en est l'histoire.

ROMANTIQUE. Terme du jargon sentimental, dont quelques écrivains se sont servis pour caractériser une nouvelle école de littérature germanique. La première condition qu'on exige, c'est de reconnaître que nos Molière, nos Racine, nos Voltaire, sont de petits génies, empêtrés dans les règles, qui n'ont pu s'élever à la hauteur du beau idéal dont la recherche est l'objet du *genre romantique.*

ROSE. Fleur charmante qu'effeuillent impitoyablement nos petits rimeurs. — Emblême de la beauté, de la jeunesse et de la vie.

...Rose elle a vécu, ce que vivent les roses,
L'espace d'un matin.

ROTURIER. Enfant d'Adam. — Hommes qui ont fait les nobles ou aux dépens desquels les nobles se sont faits.

ROUGEUR. Signe fort équivoque de la modestie et de la pudeur. — On rougit plus souvent dans le monde par orgueil que par modestie.

ROULETTE. Rentes perpétuelles de la police.

RUBAN. Petit morceau d'étoffe, à l'aide duquel on a souvent opéré des rapprochemens politiques. — Signe de l'ineptie comme du mérite.

S.

SACRIFICE. Dans le monde on sacrifie sans cesse l'estime des honnêtes gens à la considération, et le repos à la célébrité.

SAGESSE.

.... Égalité d'âme,
Que rien ne peut troubler, qu'aucun désir n'enflamme,
Qui marche, en ses desseins, à pas plus mesurés,
Qu'un doyen au palais ne monte les degrés.

SANTÉ. Frêle lueur que le plus léger souffle éteint, et qui expire au milieu de son plus grand éclat. — Bien dont l'homme ne sent le prix que lorsqu'il l'a perdu.

SAPAJOU. Joujou qu'une femme de bonne compagnie préfère souvent à ses enfans.

SAPIN. Voiture de cérémonie du tiers-état. — Boudoir ambulant des amours faciles.

SATIRE. Genre de poésie où le grand art est de frapper fort plutôt que de frapper juste. Elle nous paraît spirituelle quand elle attaque les autres, folle ou méchante quand nous en sommes l'objet.

SCEPTRE. Bâton doré qui se brise souvent dans les mains de celui qui s'en sert pour frapper.

SCOLASTIQUE. Art d'argumenter sur des mots et d'obscurcir les idées. — Tyran, qui sous le nom d'Aristote, a trop long-temps dominé e monde.

SCRUPULES. Petites inquiétudes qui nous agitent pour certaines actions qui ne sont pas décidément mauvaises. — Revenu des confesseurs.

SECRET. On ne doit le confier ni au fou, ni au sage, ni à son ami; le sage ne l'est pas oujours, le fou ne peut rien cacher, et l'ami peut changer.

SECRÉTAIRE. Homme qui donne de l'esprit aux grands et aux gens en place. — Esprit assez mal payé, et sans lequel ils ne pourraient souvent ni agir, ni ouvrir la bouche. — Un avocat-général dit un jour à son secrétaire : « Monsieur, l'an passé, on m'a trouvé trop court; faites-moi parler plus long-temps cette année; donnez-m'en pour deux heures. »

SECTES. Rameaux divers qui partent du tronc d'une même religion. Le tronc s'appelle religion dominante; et les secousses qu'éprouvent perpétuellement ces branches, font que souvent il chancelle lui-même.

SEIGNEUR. Noble de campagne, qui avait autrefois le droit de lever des taxes, de faire la guerre à son souverain, et même de prélever un droit sur la pudeur des femmes.

SÉNATEUR. Homme qui, sourd et muet par état, fut, pendant dix ans, un actionnaire des fabriques de conscriptions.

SENSIBILITÉ. Qualité de l'esprit ou de l'âme, qui va chercher dans les objets les plus simples tout ce qui peut nous émouvoir.

Il existe dans ce monde une sensibilité factice, qui pleure au théâtre et qui s'endurcit à la prière des malheureux.

SENSITIVE. Vierge de seize ans.

SENTIMENT. Affection nerveuse. *—Madame telle a un sentiment.* Ne vous découragez point, on peut changer de *sentiment;* on peut même en avoir plusieurs à la fois. Il y a des femmes qui sont tout *sentiment.* Comment se fait-il que les femmes à *sentiment* n'aiment pas les hommes à *sentiment?* C'est que le sentiment chez les hommes n'a pas le même siége, le même empire, la même expression.

SERMENT. Engagement que prend un employé d'être fidèle à sa place et à son traitement.

SERMON. Discours farci de latin, qui fait pleurer les dévotes et dormir le clergé.

SERVITUDE. État auquel on s'accoutume insensiblement, et qui devient une seconde nature dans l'homme indolent et paresseux. — Elle abaisse les hommes au point de s'en faire aimer.

SESSION. Espace de temps pendant lequel

on règle quelquefois les libertés du pouvoir et l'esclavage des citoyens.

SIFFLET. Petit instrument d'ivoire ou de bois, qui sert à amuser les enfans et à corriger les auteurs dramatiques.

SILENCE. Qualité dans un sage, vertu dans un sot. Il est des époques où le *silence* même est qualifié de séditieux.

Celui qui sait qu'il ne sait rien, est un habile homme quand il sait se taire.

SOCIÉTÉ. Elle est composée de deux grandes classes : ceux qui ont plus de dîners que d'appétit, et ceux qui ont plus d'appétit que de dîners.—Assemblage d'êtres malins qui ne cherchent qu'à se mordre, et où la raison des plus forts est toujours la meilleure.

SOLDAT. Homme tiré du milieu des citoyens pour les opprimer ou les défendre. — Automate bleu ou blanc.

SOLDAT FRANÇAIS. Guerrier rassasié de gloire qu'on a pu accabler, mais non pas vaincre, et qui dépose paisiblement ses armes pour retourner à sa charrue.

SONGES. Image de la vie. — Illusions qui consolent le pauvre et effrayent le riche.

9

SOPHA. Confident discret de l'amour. —
Théâtre où beaucoup d'actrices remplissent
leurs rôles au naturel, et où les débutantes
reçoivent une éducation rapide.

SOPHISTE. Grand et subtil diseur de riens,
qui a pris à tâche de détruire la raison par le
raisonnement.

SOT. Espèce de cruche que chacun peut
prendre par l'anse, et porter où il veut. —
Petit être incommode et remuant, qu'on rencontre partout, qui s'agite dans tous les sens, et
parvient au but où un homme d'esprit échoue
trop souvent. Je plains mes enfans d'avoir de
l'esprit, disait une dame ; car s'ils étaient sots,
ils feraient fortune comme leur oncle.

SOTTISE.

Lorsque mademoiselle Arnoult alla rendre
visite à Voltaire, il lui dit : « Ah ! mademoi-
» selle, j'ai quatre-vingt-quatre ans, et j'ai
» fait quatre-vingt-quatre sottises. » — Belle
» bagatelle, répondit l'actrice ; moi qui n'en
» ai que quarante, j'en ai fait plus de
» mille. »

SOUFFLET. Fin d'une conversation et
commencement d'un duel.

SOUFFLEUR.

On ne lui voit que la tête,
Tout son travail est de tête,
Et morbleu c'est à sa tête
Que plus d'un succès est dû.
Quand un acteur perd la tête,
Il retrouve dans sa tête
Ce que la sienne a perdu.

SOUHAITS. Placets que la folie de l'homme présente au destin, et que celui-ci ne se donne pas la peine de lire, à l'imitation des hommes en place de tous les pays.

SOUPIRS. Petite artillerie de la coquette.

SOUPLESSE. Disposition à s'accommoder aux conjonctures et aux événemens imprévus. — Recette excellente pour parvenir.

SOUPÇONS. Poison de l'amour. — Sentiment qu'il faut dissimuler avec soin, quand on ne veut pas rompre entièrement avec celui qui l'inspire.

Quiconque est soupçonneux invite à le trahir.

SOUSTRACTION. Seconde règle de l'arithmétique, familière aux financiers, aux banquiers, aux agens de change, aux hommes de guerre et de plume.

SOUVENIR. Réalité des vieillards.—Sentiment qui avec l'espérance fait les trois quarts du bonheur de la vie.

SOUVERAIN. Celui en qui réside la force, les richesses et les moyens d'exécution.

SPECTACLE. Réunion où l'on est convenu de s'amuser ; le peuple forme son esprit au mélodrame, et ses mœurs aux Variétés. La coquette vient au théâtre chercher des attaques de nerfs, le journaliste des articles, l'auteur des sifflets, et les oisifs la matière de leurs jugemens et l'aliment de leur médisance.

SPÉCULATEUR. Homme qui fait argent de tout, du scandale, de la honte, de l'orgueil et des préjugés. — Négociant qui s'engraisse de la misère publique.

SPLEEN. Maladie anglaise qui commence par l'ennui, et se guérit par le suicide.

STUPIDE. Homme dont les facultés intellectuelles n'approchent pas même de l'instinct des animaux.

Vous chercheriez en vain dans sa vaste personne
Un petit grain de sel qui pique et l'assaisonne.

— Espèce de hors-d'œuvre dans le monde : il mange, boit et fait bien ses fonctions ; il végète comme les plantes ; il n'a rien de trop que la tête; son estomac digère : c'est tout ce qu'on peut en attendre.

STYLE. Buffon a dit : Le style est tout l'homme.

SUBLIME. Ce qui est tout près de l'infini. — Pensée grande rendue par une expression simple. — Il y a une espèce de sublime dans la sensation que produisent sur nous le récit d'une action généreuse, la vue d'un chef-d'œuvre de l'art, les grandes beautés de la nature.

SUCCÈS. Enfant de l'audace. —Tout ce qui est extraordinaire paraît grand, si le succès est heureux; tout ce qui est grand paraît fou, si l'événement est contraire.—Succès d'estime; demi-chute.

SUICIDE. Homme qui trouve tout aussi simple d'aller chercher le bonheur dans l'autre monde, que de tenter fortune dans celui-ci. On peut regarder celui qui se tue comme un laquais quittant son maître parce qu'il ne reçoit point ses gages.

SUISSE. Homme né libre que les rois achètent à la toise. — Soldat sur la fidélité duquel on peut toujours compter. (Voyez *François* Ier. *et Henri* IV.)

SUPERSTITION. Effet d'une fausse con-science qui asservit la religion aux caprices d'une folle imagination, et qui peut abuser des choses les plus sacrées pour exercer les injustices les plus cruelles.

SUSPECTS. Les nobles en 93, les braves en 1815. — On rend quelquefois les gens dangereux en les déclarant suspects.

SYMPATHIE. Mot qui est pour les méde-cins, ce qu'est celui d'*attraction* pour les Newtoniens. Il énonce un fait inconnu, il ne l'explique pas.

> Qui peut faire naître dans moi
> Ces sentimens inconnus à moi-même ?
> Je sais fort bien que je vous aime,
> Et je ne puis dire pourquoi.
> Je ne vous connais point, je ne connais point l'autre,
> J'entre en vos intérêts dès le premier instant ;
> Peut-être son mérite égale bien le vôtre,
> Mais il ne me touche pas tant.

SYSTÈMES. On peut comparer les faiseurs de systèmes aux danseurs de menuet, qui sont dans un mouvement continuel sans avancer d'un pas, et finissent par revenir à la même place d'où ils sont partis.

T.

TABLE. Lien de la société. La table fait distraction aux affaires ennuyeuses. Si l'on ne buvait ni ne mangeait, que de maisons dans lesquelles on ne pourrait tenir un quart d'heure ! La meilleure table n'est bonne qu'autant qu'elle est égayée par d'agréables propos. Si l'on n'y dit mot, il n'y a pas de différence entre une table et un ratelier.

TACHE. Chose qui choque bien plus la vue sur une étoffe d'or que sur la bure.

TABLEAUX DE BATAILLE. Compte rendu de l'emploi des levées d'hommes.

TACTIQUE. Expression prise dans l'art militaire, et appliquée à la politique. — *Tactique* des assemblées ; suite de petites ruses qui produisent souvent de grands effets.

TAILLE. Un homme de grande taille, qui n'a pas d'esprit, ressemble à ces maisons de plusieurs étages, dont le plus haut est ordinairement le plus mal meublé.

TAIRE (Se). Un homme d'esprit se tait

avec les sots, comme un riche refuse l'aumône aux mendians : il n'a point de monnaie.

TALENT. Voyez *Intrigue*. — Quand une femme vous dit qu'un homme a de *grands talens*, il est toujours malhonnête de rire.

TALISMAN. Pièce chargée d'inscriptions à laquelle on attribue une vertu particulière. — Coup d'œil d'une coquette ou d'un ministre. — Grand cordon d'un ordre.

TALON. Degrés sur lesquels s'élèvent un solliciteur et un courtisan. — L'homme le plus fort a son côté faible. Quand Thétis, pour rendre Achille invulnérable, le plongea dans le Styx, elle le tenait par le pied, et le talon ne put être trempé dans le fleuve.

TAMBOUR. Image de bien des gens. Il est couvert d'une peau d'âne, et l'on n'en tire quelque chose qu'en le frappant.

TANTE. Meuble très-utile à une jeune personne qui veut faire son entrée dans le monde.

TE DEUM. Action de grâces que souvent chacun des chefs des deux armées ennemies fait célébrer après une bataille.

TEINTURIER. Secrétaire d'un homme en place..

TÉLÉMAQUE. Les écrivains traduits devant les tribunaux pourraient presque tous s'y défendre un Télémaque à la main.

TÉMOIGNAGE. Acte presque toujours suspect, parce qu'il est altéré par la passion ou la manière de voir de celui qui témoigne.

TEMPÉRAMENT. Cheval fougueux qui emporte son cavalier à travers champs, et qu'il est presque impossible de maîtriser.

TEMPS. Etoffe dont la vie est faite.

TERREUR. Despotisme sanglant qu'on met à la place des lois. — Sentinelle qui finit un jour par manquer à son poste.

TESTAMENT. Dernière volonté d'un mourant, et premier cri de joie de son héritier.

TÊTE-A-TÊTE. Toute femme qui l'accorde y succombe.

THÉOLOGIEN. Homme qui décrie souvent la religion à force d'en parler. Elle devrait être comme l'arche sainte, à laquelle on ne pouvait pas toucher, même pour la défendre.

THÈSE. Dispute de mots.

9.

TIARE. Triple couronne que les souverains pontifes ont pris long-temps après l'institution de la papauté, pour exprimer leur puissance dans le paradis , dans le purgatoire et sur la terre.

TIMIDITÉ. Défaut d'une juste confiance en soi-même. Elle produit une pudeur niaise , et un embarras ridicule. — Frère modeste ne sera jamais prieur : proverbe des couvens.

TOCSIN. Son qui effraye le plus brave soldat et qui donne du courage au plus timide citoyen. — Seul général qui sache assurer l'indépendance de son pays.

TOILETTE. Arsenal de la coquetterie.

TOLÉRANCE. Richesse des états. — Plante qu'on espère voir fleurir à Rome depuis que le pape a été rétabli par des Anglais hérétiques , des Russes schismatiques et des Allemands luthériens.

TOMBEAU. Monument élevé sur les confins des deux mondes. Terme où aboutissent toutes les grandeurs humaines ; niveau qui égalise tout.

Qu'importe lorsqu'on dort dans la nuit du tombeau,
Qu'on ait porté le sceptre ou traîné le rateau.

TON (Bon). Facilité noble dans le propos, politesse naturelle dans les expressions, décence dans le maintien, convenance dans les égards, qui ne confond, ni les états, ni les rangs, ni les qualités, ni les titres, ni les personnes. Tact qui nous avertit également, et de ce que nous devons rendre aux autres, et de ce que les autres doivent nous rendre.

TORT. Défaut du pauvre à l'égard du riche, du solliciteur à l'égard d'un premier commis, et du vaincu à l'égard du vainqueur.

TORTURE. Secret inventé pour faire dire tout ce qu'on voudra à un innocent qui a les muscles délicats, et pour sauver un coupable robuste.

La torture interroge et la douleur répond.

TOUCHER. Sens qui dissipe toutes les illusions, et dont certaines gens voudraient nous empêcher de nous servir. — J.-C. disait à saint Thomas : Touchez, et ne soyez pas incrédule. Que les prêtres et les gouvernans sont loin d'imiter J.-C. !

TOUCHER (Emouvoir); c'est la meilleure manière de convaincre.

TRACASSER. Talent de bien des gens. — Plaisir de bien des sots.

TRADUCTION. Une femme d'esprit prétendait que les traducteurs étaient comme des valets qu'on charge d'une commission et qui disent souvent le contraire de ce qu'ont dit leurs maîtres. — *Traduttore*, *traditore*, dit le proverbe italien.

TRAGÉDIE. Pièce de théâtre où la coquette vient s'attendrir pour se dédommager de l'insensibilité avec laquelle elle traite son mari, ses enfans, ses domestiques, souvent même ses amans.

TRAITEMENT. Bague au doigt du commis qui a du *savoir faire*. Pain acquis péniblement par l'honnête employé.

TRAITRE. Personnage chargé au théâtre de former le nœud d'un mélodrame, dans le monde de vendre son pays et de saluer le vainqueur.

TRIBUNAL. Buisson épineux où la brebis cherche un refuge contre les loups, et d'où elle ne sort point sans laisser une partie de sa toison.

TRIBUNS. Défenseurs des plébéiens contre les nobles. Le Forum fut souvent le théâtre de leurs triomphes, et souvent aussi leur tombeau.

TRIBUNE. Tréteaux politiques. — Autel sur lequel les uns sacrifient à l'ambition, les autres à la patrie. — La vue d'une tribune émeut le cœur d'un jeune homme. Les succès de ceux qui y défendent la liberté l'empêchent de dormir. Il ne songe plus qu'à devenir bon citoyen et grand orateur.

TRONE. Tombeau du prince faible ; ses ministres l'y enterrent. — Lit du prince voluptueux, ses maîtresses l'y couvrent de fleurs. — Un bon prince y est comme un athlète sur l'arène.

TROPE. Figure dont l'usage est agréable, et l'abus dangereux.

TROP. Rien de trop ; maxime de peu d'usage en révolution.

TU. Mot qui indique l'infériorité relativement à la société en général ; mais qui en particulier est l'expression de l'amitié, de l'amour et de la cordialité.

TURCS. Peuple d'antithèses : braves et

poltrons, bons et féroces, fermes et faibles, actifs et paresseux, libertins et dévots, sensuels et durs, recherchés et grossiers, une main sur des roses, et l'autre sur un chat mort depuis deux jours.

TYRANNIE. Acte par lequel on donne ses caprices pour règle, sa puissance pour preuves, et ses succès pour raisons.

U.

ULTRA. Homme coiffé, soit d'un bonnet blanc, soit d'un bonnet rouge.

.... Et qu'il soit rouge ou blanc,
Tout homme est jacobin, s'il a soif de mon sang.

UNIFORME. Habit d'honneur du soldat; livrée du courtisan.

UNIFORMITÉ. Grand moyen de gouverner les hommes. —Caractère qui porte avec lui la langueur et l'ennui; maladie assez générale dans la société.

L'ennui naquit un jour de l'uniformité.

UNION. Secret de la force.

UNITÉ. Système du despotisme.

URBANITÉ. Fleur qui naît de la culture des lettres et des arts, et que beaucoup de gens accusent à tort d'être desséchée.

USAGE. Despote qui n'a d'empire que sur les cœurs faibles et les âmes timorées.

L'usage est fait pour le mépris du sage.

USURE. Convention entre le besoin et l'avarice. — Fléau des états, parce qu'il détruit sourdement l'agriculture et l'industrie.

USURIER. Fesse-Mathieu, être abominable,

Qui, sans rougir, vous prête galamment
Deux mille écus à quarante pour cent.

USURPATEUR. Homme qui occupe un trône où ne l'ont point appelé les lois ou la volonté nationale. — Homme qui abuse du pouvoir que le peuple lui a confié.

UTILE. Politique du despotisme.

UTILITÉS. Chacun a les siennes. Les courtisans et les bouffons sont les *utilités* des rois. Les espions sont les *utilités* de la police, les prôneurs celles des écrivains, les amans celles des femmes, la médisance et quelquefois la calomnie celles d'un journaliste.

V.

VACCINE. Paratonnerre de la beauté. — Contre - poids des conquêtes. Découverte qui conserve autant d'hommes que les guerres en détruisent.

VAINQUEUR. Homme qui a toujours raison, et qui ne manque pas de gens pour le prouver.

VAISSEAU. On disait d'un ministre de la marine : Puisse-t-il diriger nos vaisseaux aussi bien qu'il a conduit sa barque !

VALEUR. Dans les revers, les poltrons l'appellent *témérité*, *extravagance*. Montaigne n'était pas de cet avis : *Le vrai vaincre*, dit-il, *a pour son rôle le choc, et non pas le salut, et consiste l'honneur de la vertu à combattre, non à battre.*

VANITÉ. Passion qui ne respire qu'exclusions et préférences ; passion inique, parce qu'elle exige tout et n'accorde rien.

VAPEURS. Maladie sans maladie, qui fait l'exercice des gens oisifs, et la fortune de

eux qui les traitent. Elles furent inventées
n 1746.

VARIÉTÉ. Déesse favorite des hommes et
urtout des Français. — Il serait pourtant à
ésirer que leur esprit se fixât sous quelques
apports, et qu'ils se souvinssent de ce dicton,
ai surtout en fait de gouvernement, que trois
éménagemens équivalent à un incendie.

VARIÉTÉS (Théâtre). Temple du goût.

VATICAN. Manufacture de concordats et
bulles.

VENGEANCE. Justice sauvage, que les lois
peuvent extirper du cœur humain. — Fai-
esse des enfans, des femmes et des esprits
sillanimes.

VENTRE. Milieu d'une assemblée, qu'on
mme ainsi parce qu'il est l'esclave des
1ers.

Ventre affamé n'a point d'oreilles.

rs que les gouvernans doivent souvent se
ppeler.

VÉRITÉ. Antoine Perez disait que c'était

pour savoir la vérité que les rois entretenaient des fous auprès d'eux ; depuis long-temps, à ce compte, ils ne sont plus entourés que de sages.

VERROU. Ami officieux contre les importuns et les ennuyeux. Il barricade nos portes, il empêche la bavardise d'entrer, il écarte la foule, il nous laisse le loisir d'être avec nous-mêmes.

VERTU. Force morale, qui nous fait dompter nos passions et nos penchans, lorsque le devoir l'ordonne.

VERTUEUX (Homme). Être presqu'imaginaire. On donne souvent ce nom à celui qui possède l'art de cacher ses vices, et ferme les yeux sur ceux d'autrui.

VERVE POÉTIQUE. Espèce de transport au cerveau, pendant lequel il est permis d'extravaguer et de déraisonner à loisir.

VÉTÉRAN. Homme à qui l'on ne donne point ordinairement de décorations, de peur sans doute qu'elles ne cachent ses blessures.

VIE. Mot dont on n'a jamais tant abusé qu'aujourd'hui. L'amour même a perdu son

rédit ; ce n'est plus qu'*une vie dans la vie.*
Je m'informe de la santé d'une jolie femme ;
elle me répond qu'*elle porte légèrement la vie.*
Un bon bourgeois à qui je demande si sa femme
est accouchée, me dit que depuis huit jours
son enfant *essaie la vie.* Je parle du prix du
temps à un jeune homme dissipé, il convient
avec moi qu'*il éparpille sa vie.* Une femme à
sentiment, pour me donner une idée de son
âme, me dit *qu'elle se balance sur la vie entre
le passé qu'elle regrette et l'avenir qu'elle
craint.*

—Point entre deux éternités. Chose qu'on
reçoit sans remercier, dont on jouit sans savoir
comment, qu'on donne aux autres, quand on
ne sait où on est, et qu'on perd sans s'en
apercevoir.

Fragile écheveau de fil qui trompe toujours
sur sa longueur celui qui le dévide.

Salle de spectacle ; on y entre, on regarde ;
on sort.

VIEILLARD.

De jour en jour tout dépérit,
Et la nature dégénère,
Disait un vieillard décrépit :
Les femmes n'ont plus l'art de plaire,

Les hommes manquent de vigueur,
Les fruits ont perdu leur saveur,
Comme le soleil sa lumière ;
Les fleurs ont un parfum moins doux...
Vieillard, rien n'a changé que vous.

Grand arbre, qui n'a plus ni fruits, ni feuilles, mais qui tient encore à la terre.

Le plus semblable au mort meurt le plus à regret.

VIEILLIR. On dit que le cœur ne vieillit point : tant pis ! c'est tout ce qu'il a de mieux à faire, quand le reste n'est plus jeune.

VIN. Le meilleur ami de l'homme, lorsqu'on en use avec modération, et son plus grand ennemi, si on le prend avec excès ; il est le lait des vieillards, le baume des adultes, et le véhicule des gourmands. Le meilleur repas, sans le vin, est comme un bal sans orchestre, un comédien sans rouge, un apothicaire sans quinquina.

VISITES. Honnête assassinat. Faire des visites, c'est chercher à s'ennuyer, ou à se désennuyer aux dépens d'autrui.

VIVRE. Maladie dont le sommeil nous soulage de douze en douze heures : c'est un

lliatif : la mort est le remède. Mais le malade
prend le plus tard possible.

VOLEUR. Homme que la misère, la paresse, ou la débauche a déterminé à arracher,
ar la violence ou la ruse, ce qu'on lui refu-
rait de bonne volonté; mais

Tel qui, dans son besoin, n'a volé qu'un écu,
    Sert d'exemple à toute une ville;
Et l'on vit en repos, lorsqu'on est convaincu
    D'en avoir volé deux cent mille.

VOLONTÉ. J'apporte ici, disait un con-
uérant, ce qui surmonte tous les obstacles,
a force et la volonté.

VOLONTAIRE. Soldat en chapeau rond,
llant, à marche forcée, coucher de Paris à
Vincennes.

VOLTAIRE. Statue de bronze dont une
oule d'insectes meurt en voulant ronger les
ieds.

VOLUPTÉ. Rose épineuse. — Bonheur d'un
nstant. — Il y a dans la vertu plus de volupté
réelle qu'on ne l'imagine communément; et,
quand on veut y réfléchir, on donne volontiers,
avec M. de Ségur, le nom de *gaie science*,
à la philosophie.

VULGAIRE. Epouvantail pour les sots ; objet de mépris pour le philosophe.

Que j'ai toujours haï les pensers du vulgaire !
Qu'il me semble profane, injuste, téméraire,
Mettant de faux milieux entre la chose et lui,
Et mesurant par soi ce qu'il voit en autrui !

VOYAGE. Matière à mensonges.

Y.

YEUX. Miroir de l'âme qui souvent ne rend pas juste. — En voyant tout, les yeux ne sauraient se voir eux-mêmes ; semblables en cela aux ignorans, qui voient tout ce qui se fait dans la maison des autres, et n'aperçoivent rien de ce qui se passe chez eux.

Z.

ZÈLE. Vif empressement à faire ou à entreprendre une chose. Partage ordinaire de ceux qui ont plus de bonne volonté que de moyens.

ZÉPHYRE. Dieu qui déploie toute sa légèreté à l'opéra, mais qui devient quelquefois bien pesant dans nos poésies légères.

ZÉRO. Gens de rien à la suite d'un grand. — On disait d'un académicien : Je ne m'étonne pas qu'il siège à l'académie, il faut un zéro pour faire quarante.

ZOÏLE. Homme dont la bile fait tout l'esprit. — Être paradoxal que les beautés désespèrent et que les défauts réjouissent. — Limaçon qui jette sa bave sur la rose sans pouvoir la flétrir.

FIN.

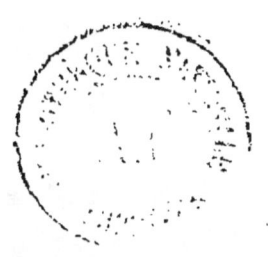

www.ingramcontent.com/pod-product-compliance
Lightning Source LLC
Chambersburg PA
CBHW061447030726
47503CB00005B/1607